KB214422

휠체어를 타고
내려온 천사

이
경
희

- 1959년 경북 문경 출생
- 백석신학교 여목회과 졸업
- 1994년 고아 23명 돌본 공적으로 문경시장 표창장 받음
- 2000년 KBS 2TV 사랑의 가족 프로그램 출연
- 2008년 제1회 문경오미자체험수기 전국 공모 금상 수상
- 2013년 IT정보활용체험수기 전국 공모 최우수상 수상
- 2015년 장애인예술인협회 백일장 장려상
- 2017년 《문예비전》 봄호 시 당선 등단
- 2022년 자랑스러운 도민상 수상
- 작가사상문인회 회원
- 한국문인협회 문경지부 회원
- E-mail : redem318kr@naver.com

휠체어를 타고
내려온 천사

이경희 시집

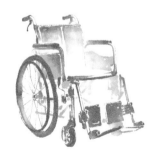

도서
출판 명성서림

수필

그녀는 분홍연립에 산다

박영석

사십 수 년을 앉아서 걸어온
쑥 한줌 뜯고 싶어 들판까지 택시를 대절했다는
선천성 하체 불구자인
그녀는 분홍연립에 산다

앉아서 음식 만들고 앉아서 가계부 쓰고
앉아서 시를 쓰고 앉아서 기도하는 그녀
하나님이 와도 앉아서 인사할
그녀는 분홍연립에 산다

얼마 전 구강암에 걸려 이빨이 다 물러앉고
광대뼈까지 함몰된 그녀
급기야 좌측 볼에 구멍이 난 그녀
얼굴에 구멍이 나도 참붕어처럼 동그랗고 검은 눈을 가진 그녀
목소리가 풍경처럼 뎅그렁거리는
그녀는 분홍연립에 산다

그런 그녀가 오늘 외출을 한다
휠체어를 타고 분홍연립을 나와 구급차에 오른다

이제 가면 언제 올지 알 수 없다는 그녀가
밤새 어머니가 그리웠다며 눈물을 흘리는 그녀가
골목을 빠져 나가도

분홍연립은 분홍이고
분홍연립은 분홍 밖에 없다

박영석

1948년 경북 봉화 출생. 2004년 〈동양일보〉 신춘문예로 등단. 시집 『공이 오고
있다』 『발자국이 껑충 사라지다』

분홍색이 주는 아름다움

이 시를 쓴 박영석 시인은 경북 문경에 산다.

문경에는 '휠체어를 타고 내려온 천사'라는 제목으로 중앙 방송에 여러 번 소개된 한 여인이 살고 있다. 그 여인이 이 시에 소개된 주인공이다. 실제 하반신 불구 1급 장애인이면서도 부모 없는 아이들 23명을 자기 손으로 길러 내고 학교 공부시키고 시집 보내고 장가를 보냈다. 지금도 한 아이를 양아들로 삼아 공부를 시키는 중이다.

자신이 장애인이면서 보육원에 봉사활동을 하고 비장애인을 도우며 살아간다는 것은 기적 같은 이야기다. 늘 병원에 실려 가서 사형선고를 받고서도 기적처럼 살아서 돌아오는 그녀를 보면 정말 하느님이 계시는구나 하는 믿음을 갖게 한다.

한 번도 일어서 본 적 없는 그녀는 하루도 쉬는 법이 없다. 앉아서 일하고 앉아서 돈벌이한다. 참 가슴 아픈 것은 그녀가 이렇게 해서 모은 돈을 비장애인들이 사기를 쳐서 뺏어 간다는 것이다. 여러 번 사기를 당했으면서도 그녀는 사정이 딱한 사람을 보면 선뜻 돈을 내어주고는 한다.
모진 세파에 좌절할 법도 한데 그녀는 한 번도 웃음을 잃
은 적이 없다. 그래서 시인은 그녀가 사는 집을 분홍연립
이라고 했나 보다.

분홍, 얼마나 정감이 가는 고운 색깔인가?
분홍을 생각하면 그녀가 떠오를 것만 같다.

순수하고 깨끗하고 너무 고와 금방이라도 다른 물이
들어버릴 것만 같은 색깔. 그러나 그녀는 다행스럽게도 분
홍의 색깔을 그대로 지키고 유지하고 산다. 실제로 그녀
가 사는 집은 벽돌로 된 아담한 단독주택이다. 시인은 그
집에다 분홍색을 입혀 주었다. 그리고 그녀가 외롭지 않
게 연립을 만들어 주었다.

밤이 되면
분홍연립,
그녀가 사는 집에 분홍빛 등이 환히 켜질 것만 같다.

– 황봉학 시인

시

하얀 눈물

얼마나 가슴을 태워야 하는가
견뎌야 하는 수많은 날을 위해
질긴 어둠을 뜬눈으로 밝히며
누구를 위해 애간장을 녹여야 하는가

얼마나 가슴을 태워야 하는가
안을 수 없는 너의 여린 눈망울은
보기만 해도 가슴이 무너지는데
누구를 위해 한줄기 불빛으로 남아야 하는가

얼마나 가슴을 태워야 하는가
아무리 돋우어도 어둠은 사라지지 않는데
뜨거운 절규를 심지 속에 감추고
누구를 위해 꺼지지 않는 촛불로
남아야 하는가

너를 만난 봄

긴 겨울 혹한을 견디는
너의 가녀린 손끝을 보며
가슴 아파했는데

봄볕에 물오른 가지마다
고운 얼굴 내밀었구나

봄바람에
손짓하는 너의 모습에서
나지막한 숨결을 느껴본다

아름답구나!
사랑스럽구나!

겨울을 이기고 활짝 핀 너를
이 봄이 가기 전에 볼 수 있어
얼마나 다행인지

분홍빛 환한 벚꽃!

황소바람

창문 틈으로 쏜살같이 들어온 그가
방안을 싸늘하게 한 바퀴 휙 돌더니
옷걸이에 걸어놓은 빨래를 툭 건드리고
나를 쏘아본다

아무래도 작년에도 왔던 그 불청객 같다
틈만 나면 아무 곳에나 들어가 얼려버리는
고약한 버릇을 아직도 고치지 못하고
다짜고짜 밀고 들어와
내 가슴을 써늘하게 한다

나를 한 번 더 쏘아보고
들어온 틈으로 휙 나가더니
애인에게 바람맞고 울고 있는
여자의 머리채를 잡아 흔들다가
옆에 있는 노숙인의 뺨을 후려갈기고
달아났다고 한다

식구

어디선가 까맣게 개미 한 무리가 나타나더니
죽은 메뚜기를 들쳐업고 간다
힘을 보태어 서로 밀고 당기며 간다

문턱을 넘어서 바지런히 주방으로 간다
나도 궁금해서 가만가만 눈길로 따라간다
죽은 메뚜기와 한 무리가 싱크대 밑으로 사라졌다
더 이상 따라갈 수 없어 눈길을 멈춘다

다시 나오더니 바닥에 흘린 쌀알을 물고 간다
문상객들에게 식사라도 대접하려는가
손톱을 세워 주워 담은 쌀알이 미안해
슬그머니 싱크대 밑으로 쌀알을 밀어 넣는다

밤을 달리는 남자

남자는 아침부터 소매를 걷고 해를 밀어내고 있네
오후가 되니 마당에 있는 해를 대문까지 밀어냈네
이제는 밤이 들어오라고 대문을 활짝 열어놓았네
밤이 오다가 걸려 넘어질까 나뭇가지를 치웠네
토끼 꼬리만큼 남은 해는 가로등 불빛이 밀어냈네

남자는 핸들을 잡고 8차선 밤거리를 달리네
젊은 여성을 차에 태우고 여성의 아름다움을
눈에 밀어 넣고 목적지까지 태워다 주었네
비틀거리는 한 아저씨는 냄새를 안고 차 문을 열었네
강북으로 가자고 하다가 다시 강남으로 가자고 하네
남자가 화를 내니 냄새가 놀라서 뒤로 넘어지네

20

남자는 일을 끝내고 산동네 포장마차로
친구들을 불러내어 손님이 없었다고 하소연하네
산돼지는 개미에게 입술이 물려 감자 하나 캐먹지
못했다고 하소연하네
너구리는 한쪽 눈에 불이 꺼져서 쥐새끼 한 마리
잡아먹지 못했다고 하소연하네
여우는 송곳니가 부러져서 묘 한자리 파지 못했다고
하소연하네

남자는 여성이 차에서 내릴 때 눈에 숨겨놓았던
아름다움을 돌려주지 않아서 절도범이 되었다고 하네

사람책 도서관

세월의 무게를 이기지 못하고 등이 굽은 책이 말한다
군대 간 남편이 제대할 때 첩을 데리고 와, 하늘이 무
너져 살구나무 붙잡고 통곡했던 서러움을 아직도 토해내
고 또 토해낸다

앞니 빠진 틈으로 이야기를 줄줄 흘리는 책이 말한다
보리쌀 한 홉으로 밥하여 시부모 밥상 차리고, 누룽지에
물 부어 아이들 먹이고, 밥 위에 얹은 쑥 한 덩이 먹은 배
는 빨랫방망이도 들어 올리지 못해 허기진 배는 빨래를
눈물로 적셨단다

걸음마다 차오르는 숨을 지팡이에 걸어놓은 책이 말
한다 열일곱 살에 시집간 지 이태 만에 징용 끌려가 돌아
오지 않는 남편을 오늘도 기다리며 평생을 품고 산 그리
움 보따리, 유복자에게 들키지 않으려고 가슴속으로 밀
어 넣는다

점심때가 되니 책들이 놀란 듯 점심밥 한다고 분주하다 파 썰고 호박 썰고 두부 썰고 세월을 풀어 된장을 끓인다

내일도 사람책 도서관에는 해묵은 책들이 먼지 풀풀 나는 모습으로 화투패 돌려가며 페이지 수를 늘려갈 것이다

답

칼국수에는 어떤 칼을 넣고 끓여야 맛있을까?
곰탕에 들어간 곰은 아빠곰일까 엄마곰일까?
고추잠자리는 고추만 먹어서 빨간 걸까?
강남 제비는 박씨를 물고 와 누구에게 줬을까?
무당벌레는 작두도 타나?
문 닫고 들어오라는데 문 닫고 들어갈 수 있는가?
벽시계 밑에 흔들리는 것은 정말 불알일까?
선거 후보자들의 공약은 누구에게 한 것일까?
손에 물 한 방울 안 묻히게 해 준다는데 세수는 어떻게 할까?

답이 없는 세상이지만
별은 아직 하늘에 있고
달도 아직 하늘에 있다

크림빵

느지막이 얻은 막내아들을
바람 불면 날아갈까 애지중지하던 아부지
고뿔에 걸려 입맛 없다 밥투정하니
읍내에 나가 좋아하는 크림빵을 사오려고
밤중에 오리 길을 걸어간다

칼바람에 옷깃을 여미며 찾아간 점방은 불이 꺼졌다
언 손으로 문을 두드려 쌈짓돈을 주고
동그랗고 큰 크림빵으로 골라 사서
가벼운 발걸음으로 또 오리 길을 돌아온다

솜이불 덮고 땀을 내던 아들이
크림빵 비닐봉지 소리에 눈을 뜨고 목을 내민다
어서 먹고 기운 차려 뛰어놀아라 하시면서
아들의 코를 닦아주고 머리를 쓰다듬는다

대접에 떠 놓은 뜨끈한 국물을 마신 뒤
곱은 손을 아랫목 이불속에 넣고 녹인다
아껴먹느라 달콤한 크림을 핥아먹는 아들을 보면서
사랑채로 건너가 곰방대에 불을 붙인다

사랑채에서 들리던 기침 소리는
장성한 아들의 귀를 잡고 오늘도 따라다닌다

돈, 돈, 돈,

돈 줄 테니 부자 되게 해달라고 한다
돈 줄 테니 아들 낳게 해달라고 한다
돈 줄 테니 남편 승진하게 해달라고 한다
돈 줄 테니 아들 합격하게 해달라고 한다

돼지 콧구멍에 돈 꽂아주고 부탁한다
돼지 입에 돈 물려놓고 부탁한다
공손히 절하면서 무릎 꿇고 부탁한다
손바닥 비비면서 굽실굽실 부탁한다

돼지머리는 양쪽 콧구멍으로 돈만 받아 꽂고
가난한 가정을 부자 되게 하지 못했다
삼대독자 대 이을 아들도 주지 못했다
돼지머리는 두 눈을 감고 빙긋이 웃고 있을 뿐
아무것도 모른 척한다

고사가 끝나자 돼지머리를 썰어
너도 한잔 나도 한잔
술안주로 고기는 다 먹히고 뼈만 남았다

아버지

검은 잠바를 입은 아저씨가 자전거를 타고
낙엽 지는 가로수 길을 앞만 보고 달린다

연세 지긋하게 보이는 아저씨 모습에서
이제는 세상에 안 계시는 아버지 모습이 보인다

아버지가 아끼는 물건은 자전거였다
녹슨 자전거를 물걸레로 닦고 기름걸레로 한 번 더 닦으셨다

아버지가 계신다면 자전거를 한 대 사 드리고 싶다
기름걸레로 닦지 않아도 광이 나는 자전거를 사 드리고 싶다

삼천리 자전거를 생신 선물로 사 드리고 싶다
새 자전거의 비닐을 벗기는 아버지 모습을 사진으로 찍고 싶다

사방을 둘러보아도 아버지가 안 계신다
아버지 손때가 묻은 녹슨 자전거도 없다

콩밥 부부

서목태 콩은 어느 날
바가지 안에서 쌀을 만난다
아무것도 가릴 것이 없는 물속에서
검은색과 흰색을 다 드러내었지만
쌀은 콩의 검은색을 허물로 삼지 않는다
콩은 쌀의 흰색에 물이 들까 걱정하지 않는다
다섯 손가락 사이를 빠져 다니면서
스치듯 또 만나면서 서로
밥솥 안에서 정이 들었다
칙칙거리며 가끔은 싸우기도 하지만
뜨거운 사랑으로 서로를 보듬어 안고
구수한 콩밥이 되었다

추억

가을 짙은 통나무집 마당
곱게 물든 단풍이 떨어지고 있다
아직은 물기를 머금고 있지만
곧 말라버려 바스락거리겠지
누군가의 발에 밟혀
조각조각 부서지겠지
붉게 타던 추억들이 흩어져
곧 눈 속에 묻히겠지
추억은 언제나 깊이 묻어 두는 법
다시 봄이 오는 날
단풍 스민 땅속에서 먼 기억처럼
새순이 돋아나겠지

영혼의 집을 위하여

내가 살고 있는 곳은
경상북도 문경시 흥덕동이다
몸과 영혼이 함께 살고 있지만
언젠가는 내 몸은 이곳을 떠날 것이고
영혼만이 남을 것이다
영혼이 남아 지난날을 돌이켜 볼 때
영혼은 몸이 남긴 흔적을
아름답다 할까
부끄럽다 할까
영혼이 남아 추억할 하루하루를 위해
난 또 분주히
지친 몸을 추스른다

소중한 물건

신발장과 옷장을 정리하다가
작은 신발과 옷에 손길이 머문다

150mm 털 구두
125mm 슬리퍼
110mm 운동화도 있다
그 옆에는 아들이 벗어놓고 간
270mm 운동화가
주인을 기다린다

옷장 안에도
아들이 어릴 때 입었던
일곱 살짜리 수영복이 있고
열 살짜리 겨울 잠바가 있고
열두 살짜리 남방이 있고
고등학교 1학년 교복이 있다

교복은 아직도 학교 다녀오겠습니다
공손히 인사를 한다

시작노트

소중한 물건이라는 제목으로 시를 쓰다가 나를 사랑으로 키워주신 어머니의 마음을 한참동안 생각하게 되었다. 자식을 낳아 키워보면 부모의 심정을 안다고 하였지만 나는 아들을 키워도 부모의 마음을 잘 몰랐던 것 같다.

이 세상의 사랑은 다 조건부 사랑이라고 한다. 그래서 누구나 사랑을 하면 준만큼 돌려받고 싶어 한다. 그러나 부모의 사랑은 아가페 사랑이다. 부모는 자식한테 무엇이든지 주고 또 주고 한없이 주고 싶어 한다.

아들이 자랄 때의 숨결이 묻어있는 물건들을 소중해서 버리지 못하였다. 이제 나도 부모에게 받은 사랑을 아들에게 조건 없이 다 주고 싶다. 부모님이 주신 귀한 사랑을 아들에게로 물려줄 것이다.

장마

모처럼 얼굴 내민 태양을 온몸으로 받으며
마루 끝에 졸고 있는 고양이
잠에서 깨기도 전에
시커멓게 몰려온 먹구름이
양동이로 들이붓듯 비를 쏟아붓는다

수십 년 산을 지키며 뿌리박고 살아온 나무가
장대비를 감당치 못하여
한순간에 뿌리를 허옇게 드러내고 쓰러진다
도로가 쓸려가고 논밭이 물에 잠긴다

텔레비전 뉴스에는 시간마다 속보로
산사태로 집이 무너지고
이재민들이 젖은 몸을 동동거리며 울부짖는다
외양간은 뼈대도 남김 없이 소들과 함께 쓸려갔다

빗물보다 더 굵은 눈물을 흘리며
통곡하는
저 노부부

아직은 겨울이다

얼마만큼의 시간이 지나야
봄의 파란 새싹을 만날 수 있을까
아직 밖에는 겨울바람이 부는데
마음은 눈 녹은 들판에 봄을 기다린다
다가오는 봄에는
내 나이 반으로 줄이고 봄 처녀 되어서
예쁜 스카프로 멋을 내고
오렌지색 립스틱으로 입술 화장하고
마스카라 잘 발라서 속눈썹을
조금 더 길어 보이게 하고
단아한 옷차림으로
차를 마시는 나에게
남자가 반하게 하고 싶다

그러나 아직 밖은 겨울이다

구십팔 세 어머니

긴 세월 못 이겨
고운 어머니 얼굴에도 검버섯이 생겼다
분을 바르지 않아도 인물이 좋았던 어머니는
검버섯을 피부병이라 우기신다

날마다 약초 찧어서 얼굴에 붙이면
검버섯이 사라질 거라 믿는다
오 남매 낳아 기르신 세월이
어머니 마음을 몰라주고
고운 모습을 다 가져갔다

약초도 연고도 효험 없으니
병원 치료 받기를 원하시는 어머니께
자식들 뜻 없이 돌아가며 한마디씩 하였다
그 연세에 치료가 되겠냐고

자식들 생각 없이 한 말에
노여움이 폭발한 어머니를 달래려고
어머니 좋아하시는 고기나 드시러 가자고 말씀드렸다

장롱 속에 꼭꼭 숨겨놓았던
금반지 금목걸이 찾아내어 거울 보면서
목걸이 걸고 손가락에 침 발라 가며 반지 끼고
꽃단장하시는 어머니 마음은
아직도 수줍은 여인이었다

눈이 내립니다

태양을 가리고 내리는 눈은
내 마음을 하얗게 비춰줍니다
오늘은 고운 눈을 그냥 밟고 갈 수 없어
가슴 활짝 열고 두 손에 가득 눈을 모아
뭉치고 또 뭉쳐 봅니다
언제 녹아 흘러 떠나갈지 알 수 없지만
눈 오는 날 만났던 임을 생각하며
하얀 길을 떠나렵니다

게발선인장

너를 화분에 심었을 때
나의 기대도 함께 심었다
새로 맺히는 꽃을 기다리며
화분을 닦는다

초록의 몸에서 붉은 꽃이 피는
그날을 기다리면서
양지바른 곳에 너를 두고
너와 눈인사를 나눈다

별명 같은 너의 이름은
게발선인장
마디마다 촘촘히 돋아나
화려하게 꽃을 피우는
너를 보며 행복을 느낀다

단풍

저리도록 애타다
화려한 꽃이 되었나
눈부신 사랑이 그리워
가슴을 태웠는가
천 년을 두고 타오르는
임을 향한 불꽃인가
해마다 거듭되는 붉은 속앓이
아름다운 붉은 함성
산골마다 번지는 소리 없는
사랑의 물결

나무 도마

소나무 향기로 온 산이 푸르를 때
나무의 꿈은 산보다 더 크게
가지를 뻗었으리라
거목의 꿈을 이루지 못하고
도마가 되어
너를 만난 게 인연인지 악연인지
오늘도 칼자루 잡은 손에 힘을 주어
너를 베어버린다

너는 어디서 인내를 배웠느냐?
너는 어디서 용서를 배웠느냐?

잘 익은 김장 김치 올려놓고
김칫국물로 벌겋게 헤진 상처 위에
또 너의 꿈에 상처를 입힌다
너에게 용서를 구하지 못하고
또 하루해가 저무는구나

그리움

얼마나 비워야 합니까?
얼마나 태워야 합니까?

비워도 비워도
채워지는
그리움
그리움

채워도 채워도
차지 않는
빈자리
빈자리

지워도 지워도
지워지지 않는
얼굴
얼굴

눈 감아도 보이는
당신의 얼굴

내가 바다를 걷는 것은

내가 바다를 걷는 것은
사랑하는 임이 모래 위에 써 놓은
나의 이름을 찾기 위함입니다

내가 바다를 걷는 것은
시가 되고 노래가 되고
별이 되고 구름이 되고
섬이 되고 등대가 되어
그대를
만나고 싶기 때문입니다

내가 바다를 걷는 것은
파도 소리 스민 달빛 껴안고
먼 길 떠나 버린 그대
사랑하기 때문입니다

하늘을 보며

눈 시리도록
쪽빛 하늘을 만져보자
달콤한 솜구름도
맘껏 먹어보자

쪽빛 물든 하늘
다툼 없는 평화의 하늘
뭉게구름 타고 갈까?
새털구름 타고 갈까?

먼 산 위 구름 언덕 넘으면
사랑하는 임 있으리
연보랏빛 저녁 향기 맡으며
사랑하는 임 손잡고 노래하리

마음의 문을

가슴 설레는 그날을 위해
그냥 열어 둡니다

우리 사랑
가난한 이름으로 남아
그리움으로 새기며

그대

나 그리워 돌아올 날을 위해
내 맘 소중히 포개어

고운 달빛 따라 돌아올
그대를 위해
마음의 문 활짝 열어 둡니다

고등어

생전에 어떤 인연이었는지
부부처럼 짝을 지은 한 손이 되어
푸른 등을 반짝이며 나를 찾아왔구나,

짭조름한 바닷물이 그리웠는지
소금으로 하얗게 분단장하고
동그란 눈으로 나를 바라본다

냄비 안에 넣고 조림을 할까
석쇠 위에 올려 구이를 할까
고민에 나를 빠뜨리더니

저녁 밥상 한가운데 자리를 잡고
늙은 어머니 밥 한 공기 다 비우게 하니
오늘은 나보다 네가 더 효녀구나

숭례문이여

숭례문이여
숭례문이여

대한의 역사를 온 세상에 전파하며
늠름한 우리의 기상으로
언제나 당당히 서 계시더니
이것이 웬 말입니까

어느 미치광이가 불러온 화마는
당신의 형체를 짓밟아 숯덩이로 만드니
우리의 가슴은 재가 되어갑니다

오호!
곡하고
곡하도다
가슴 치고 통곡하도다

이제 어디서 찾아야 합니까?
반만년 조선의 역사와 대한의 기상을
부디 옛 모습으로 소생하여
우리의 눈물을 닦아 주소서

숭례문이여
숭례문이여

가을 그리움

가을의 길목에서
너를 보내야 함을 알았다
하지만 차마 보내지 못함도 안다

새벽이 되자 풀잎에 아롱이던 이슬은 떠난다
그대 말없이 떠난 날처럼
가슴 한구석 떨칠 수 없는 얼굴은 그대로 남아
쓸쓸히 불어오는 바람에 가슴이 시리다

낙엽 뒹구는 늦가을이 와도
머물 곳을 찾지 못한 바람을 따라
겨울을 향하여 또 떠나야 하나보다

그대 그리움 깊어 가는
이 가을

코스모스를 보며

그리움에 지쳐 들판으로 나가보니
가녀린 몸짓으로 너는 서 있다

멀어질수록 향기로 다가서는 그대여
그 향기 감싸고 싶을 뿐인데
그 향기 그리울 뿐인데
왜 더욱 서러워지는가

그리움은
삶의 아름다운 형벌인 것을
치유할 수 없는 깊은 질병인 것을

그대는 아는가?
그대는 아는가?

가녀린 몸 가눌 수 없어
흔들리는 너를
바람이 달래주고 지나간다

시인의 고백

백지를 보면 시를 쓰고 싶다
목줄기를 타고 내려가는
가장 진실한 마음을
줄줄이 토해내며 시를 쓰고 싶다

한 떼로 몰아닥치는
고독의 갈증을 느낄 땐
헝클어진 마음을
백지 위에 다 풀어놓고 싶다

참회하듯 백지에 무릎을 꿇고
밤새 쏟아낸 붉은 피로
끝없는 여행을 홀로이 떠나며
제목 없는 시를 쓰고 싶다

사과아가씨

비바람을 견뎌내고
빨갛게 잘 익은
당신을 바라보다 난 그만
탐스런 당신을 따고 말았습니다

여름날의 뜨거움이 배어있는
당신의 붉은 볼에 유혹되어
아름다운 당신을 탐하고 말았습니다

달콤한 그 맛으로
새콤한 그 맛으로

오랜 세월 사랑으로 잘 익어
상큼발랄하고 아름다운
사과아가씨 사랑합니다
내 마음 한꺼번에 쏟아내며
뜨거운 고백으로 당신과
황홀한 입맞춤을 합니다

하루를 보내며

어제는 종일 비가 내렸습니다
어제 흘린 눈물만큼
오늘은 세상이 새롭게 느껴집니다

또 밤이 깊어갑니다
아름다운 밤벌레 울음소리를
달빛도 귀 기울이며 숨죽여 듣습니다
아직 정리되지 않은 이야기는
조약돌처럼 달빛에 재잘거립니다

오늘도 삶은
책장에 꽂힌 백과사전처럼
다양한 일로 가득했습니다
그 속에서 뜻 모를 언어를 해독하며
하루를 보람으로 채웁니다

오늘도 세상에 진열된 나는
언제나 그 자리일 뿐일지라도
밤의 골짜기를 넘고 넘어
또 다른 내일을 찾아갑니다

눈을 감으면 보이는 새로운 길들
그곳으로 가기 위해서
오늘 밤도 기도로 하루를 접습니다

새해에는

새해에는 우리
삶의 주인이 되어
희망찬 내일을 꿈꾸며 나아가자

새해에는 우리
처진 어깨를 활짝 펴고
용기로 넘치는 날들을 만들자

새해에는 우리
미움도 슬픔도 절망도 다 풀어놓고
서로를 아낌없이 사랑하자

새해에는 우리
좌절은 신이 우리에게 주시는
격려의 채찍이라 생각하며
당당하게 걸어가자

새해에는 우리
우리가 꿈꾸는 곳으로
희망의 날개를 활짝 펴고
모든 것을 사랑하며 힘차게 나아가자

그대여 떠나자

그대여 떠나자
그리움 출렁이는 곳으로
밤마다 찾아오는 비상의 하얀 갈망

홀로 견뎌야 할 많은 날이 있지만
몸속 끓어오르는 피가 있음을 믿고
하얀 날개를 활짝 펴고
항로를 벗어나 무한한 여행을 떠나는
한 마리 새가 되어보자

그대여 떠나자
희망이 샘솟는 곳으로

부서지는 낙엽의 애달픈 소리와
겨울 호수의 은빛 반짝임과
바람에 흔들리는 갈대들의
사랑이야기가 흐르는 곳으로
그대여 떠나자

친구

친구야
우리 인생의 길을 걷다 보니
돌아가기에는 너무나
먼 거리에 와 있구나
가다가 지치더라도
우리 우정의 끈을 맞잡고
의지하는 길동무가 되자꾸나

친구야
가다가 날 저물면
인생의 여정을 풀어놓고
번민도 고뇌도 훌훌 털어버리고
또 다른 내일을 위해 쉬었다 가자꾸나

친구야
우리 세상에 처음 나왔을 때
아무것도 가져온 것이 없었으니
더 많이 가지려 발버둥 치지 말자
흐르는 세월 속에도
우리 우정을 퇴색시키지 말자꾸나
언젠가 한 줌의 흙이 되더라도
빛나는 우정만은 변치 말자꾸나

선물

넓은 하늘 아래
또 하나의 싱그러운 하늘이 펼쳐져
맑은 호흡으로 생명이 자라나는 잔디 마당
초록 잎 하나하나에 동심이 자라는
애육원 잔디 마당

시린 발을 아랫목에 묻듯
잔디밭을 뛰어노는 천진한 어린이들

아름다워라
정말 아름다워라

꿈을 모아 희망을 모아
안식의 궁전을 만들어 가는
애육원의 사랑스러운 어린이들
맑게 자라나는 이 아이들은
신이 주신 고귀한 선물이어라

그 길은

인생의 길을 가다가
가파른 절벽을 만날지라도
곧바로 돌아서지 말고
다시 한번 길을 찾아보자

내가 찾은 길이 비록
좁고 험한 가시밭길일지라도
포기하지 말고 나아가보자

그 어떤 길이라도
버리지 않으면 희망이 보이고
꾸준히 걷다 보면 성공이 보인다

그 자리인 것을

노을빛이 구름 따라 번져 가는
빈 가을 들녘에 무엇을 찾으러 왔는가
마지막 한 톨의 진실을 찾으러 왔는가
스쳐 가는 바람 같은 시간
황량한 빈 들녘에 훌훌 털고 뒤돌아보자

지난날을 돌아보니
이겼다고 생각했는데 진 것이 많았구나
또한 졌다고 생각했는데
이긴 것도 많았구나
피할수록 칡넝쿨처럼 얽혀 매이는
우리네 인생살이
가진 것이 없다고 생각했는데
다시 돌아보니 많이도 있었구나

아!

이것이 우리의 삶인 것을
오늘도 바람처럼 떠돌다 돌아오니
언제나 그 자리인 것을
항상 그 자리인 것을
지금 여기가 가장 소중한 내 자리인 것을

나는 그날 알았다

희뿌연 안개가 자욱한 골목길을
할머니가 힘겹게 걸어가고 있다
겨우 한 발짝 떼면서도 가쁜 숨을 들이쉰다

세월의 무게가 얼마나 무거운지
잴 수 없어 알 수는 없지만
등이 바위를 둘러맨 듯 무겁게 눌려있다

지팡이에 세월을 걸어놓고
아득히 서 있는 할머니
저 가슴속에 쌓인 안개를
어찌해야 하나

나는 그날 알았다
가슴속에도 안개가 있다는 것을
오랜 세월을 살아온 사람들의 가슴에는
한세월이 다 가도 사라지지 않는
시린 안개가 있다는 것을
처음으로 알았다

잠 안 오는 밤

하얗게
하얗게 깊어 가는 밤

설레며
설레며 잠 안 오는 밤

내 마음속으로
고요히 떠오르는 그대 얼굴

몸은 비록 멀리 있어도
마음은 서로 다가서고 있으리
눈 맞추며 마주 보고 있으리

내 그리움은 밤새도록
강물처럼 그대에게 흘러가고
밤이 깊어 갈수록
그대 생각은 산처럼 커지기만 하네

유월의 들녘에서

내 임과 함께 거닐었던
유월의 들녘에서
희망의 진주 한 알 입에 물고 하늘을 본다

아무도 오지 않는 텅 빈 가슴
꽃 속에 감추어진 붉은 태양을 안고
초록 물감 한 방울 찍어
끝내 감당 못할
우리의 사연들을
저 하늘에 그리다가

사랑하는 내 임 만나면
은빛 주전자에 맑은 물 끓여
내 가슴 파랗게 우려내
고운 청잣빛 찻잔에 담아 드리오리다
내 초록빛 사랑을

눈 기다리는 날에

어젯밤 겨울바람은
내 잠을 송두리째 날려 보내더니
아침이 되자 다소 누그러진 숨결로
귓전을 스쳐 지나갑니다

눈이 내리길 소망하며
하늘을 우러러봅니다
보고 싶은 그대의 모습을 그리며

그리움은 눈으로 내리지 못하고
비가 되어 내 가슴에 젖어 듭니다.
비는 맑은 눈물 자국을 남기고
세월 속으로 스쳐 지나갑니다

이제 들판에는
눈을 바랄 수 없을 만큼 많은 비가 내립니다
비에 젖은 들판을 달려가는
무심한 기차에 그리움 하나 실어 보냅니다.
그대 있는 아득한 설원의 계곡으로
쌓인 그리움을 모두 보냅니다

눈 기다리는 날에
눈보다 그대가 더 기다려지는 날에

빗소리

온 세상을 적시며 내리는
한줄기 빗소리
밤이 깊어 갈수록
나를 흔들어 깨웁니다

창을 활짝 열면
내 차가운 손을 감싸주며
내 마음속으로 짙게 스며드는 빗소리

멀리 있는 그대가
한줄기 바람으로 왔으면
한줄기 노래가 되어 왔으면
빗소리 따라 내게로 왔으면

밤새 들려오는 빗소리 마시며
턱 괴고 오도카니 앉아
사랑 이야기 머무는 곳으로
그리움 흘러가는 곳으로
홀로 잠 못 들고 여행을 갑니다

햇살을 등에 업고

오일장 다니며 생선을 파는 아주머니
온갖 생선들에 얼음을 덮어두고
종일 손님을 기다립니다
갈치가 팔리면 큰아들 등록금이 되고
조기가 팔리면 식구들 밥이 되고
고등어가 팔리면 아이들 옷이 되어
물좋은 생선 팔릴 때마다 신이 납니다

검은 머리 하얗게 새도록
세월을 등에 업고 오일장을 다니는
고단함에 눌려 호미처럼 등이 굽어도
물무늬같이 얼굴에 주름이 져도
그 모습 저리도 곱고 아름답습니다
검은 비닐봉지에 생선을 담아주는
거칠고 차가운 손을
햇살이 와서 따뜻하게 감싸줍니다

이월의 바람

골목길 사이로 불어오는 바람이
소리 없이 들이닥친 빚쟁이처럼
어제보다 더 강하게 대문을 흔들더니
나뭇가지를 힘껏 건드리고 간다

빈 병이 도망치듯 굴러가고
검은 비닐봉지가 날려가고
할머니 치맛자락이 펄럭이고
길고양이의 삼색 털이
불어난 이자처럼 거칠게 휘날린다

봄바람이라고는 할 수 없는
아직은 겨울이 묻어있는 바람
따뜻한 봄이 찾아오면
부리나케 도망가 버릴
이월의 바람

여름 동화

여름이면 아버지는
마당에 매캐한 모깃불을 피우고
극성인 모기들을 쫓았다
온 가족이 들마루에 나란히 누우면
반딧불이 푸르게 공중을 날고
은하수가 길게 하늘을 가로질렀다

별들이 내려와 내 얼굴을 만지고
별들이 내려와 아버지 어깨를 만지고
별들이 내려와 어머니 손등도 만진다
별들도 다정한 우리집 식구가 되어
모깃불 옆에서 잠들었다가
해가 뜨니 놀라서 하늘로 돌아갔다

하루를 보내며

더 이상 만날 수 없는 어제를 보내고
새로운 하루가 시작되는 아침이 되었습니다
내일이 있다는 희망으로 하루를 시작합니다
오늘의 삶도 책장에 꽂혀있는 책처럼
나 자신을 다 읽지 못하고
뜻 모를 언어를 찾으며 살았습니다
하루를 그럴듯하게 시작하였지만
어느덧 밤의 골짜기를 넘고 넘다가
미처 정리하지 못한 이야기는
바닷가 조약돌처럼 달빛에 재잘거립니다
풀벌레 울음소리도 이 하루를 잘 보냈노라고
합창하며 밤을 아름답게 수 놓습니다
눈을 감으면 보이는 그곳을 향해
또 하루를 보냅니다

목련꽃

긴 겨울 이겨내고 봄 햇살 머금은
목련꽃을 바라보며 눈인사를 한다
어제보다 더 활짝 핀 꽃송이들이 눈부시다
나도 목련처럼 하얀 꽃이 되고 싶다

새들도 목련나무에 꽃처럼 앉아 있다
나비보다 먼저 날아온 저 새의 이름을 알 수 없다
꽃과 무슨 대화를 나누는지 그 또한 알 수 없다
틀림없이 목련꽃과 봄을 온 세상에 알리는 것 같다

아직 차가운 바람에도 굴하지 않고
첫사랑처럼 피어나는 목련은
북쪽을 바라보며 피는 사연을 하얗게 편지로 남긴다

발

낙엽을 밟으며 발이 걸어간다
가을이 발밑에서 노래처럼 바삭거린다

온몸의 무게를 얹어놓은 발
빈 병을 툭툭 차는 철없는 발도 있지만
무거운 책가방을 메고 걸어가는 고단한 발과
아픈 사람 치료하는 수고로운 발과
나라를 지키는 감사한 발도 있다

그 어떤 발도
세상에 처음 올 때는 햇솜같이 말랑한 발이었음을
발이 있어 우리가 잘 살아갈 수 있음을
발의 수고로움을 기억하자
긴 세월을 걸어온 발뒤꿈치 굳은살과
평생을 견디고도 말 없는 발바닥도 기억하자

민들레

벽돌담 실금 사이로 봄이 찾아왔다
민들레가 푸른 잎으로 눈인사를 한다

민들레야!
바람 세게 불어도 벽을 꼭 잡고 넘어지지 말아라
햇볕 뜨거워도 목마르지 말아라
아무도 보아주지 않는다고 울지 말아라

밤이면 샘물 같은 이슬 먹고
비 오는 날에는 빗물을 배불리 먹고
꿋꿋하게 살다 보면
언젠가 어여쁜 꽃이 필 거란다

너는 아직 모르겠지만
네 속에 바로 꽃이 있단다
황금보다 노오란 꽃이 들어있단다

수필

공유보다 사유가 많은 시대

내가 십 대였을 때는 한 동네에 텔레비전이 한두 대밖에 없었다.

우리 동네에는 앞집에 텔레비전이 있었고 두 번째로 우리 집에 텔레비전이 있었다. 그때는 지금의 PC방처럼 만화방에서 아이들에게 돈을 받고 텔레비전에 나오는 어린이 프로를 보여주었다. 아이들은 백 원만 있어도 만화방으로 뛰어가곤 했다.

동네 사람들은 저녁만 되면 TV를 보러 아이 어른 할 것 없이 우리 집에 모여, 방이며 마루로 비좁게 앉아 애국가가 나올 때까지 본다. 그러니 우리 식구들만의 텔레비전이 아니다. 여러 명이 앉아서 봐도 잘 보이는 장소, 마루에서도 불편 없이 볼 수 있는 장소에 TV를 놓으려고 애쓰며 아버지께서 말씀하신다. "오늘 저녁에는 다들 방귀는 밖에서 다 뀌고 오면 좋겠다." 아버지 말씀에 배를 잡고 웃으며 나는 "그래요 도둑 방귀가 더 독하지요." 그러나 방귀는 소변처럼 미리 해결 할수 없는 것이고, 보리밥을 많이 먹던 시절이다 보니 냄새도 더 독했다. 방귀

냄새가 나면 서로 방귀를 뀌지 않았다는 표정으로 서로의 얼굴을 쳐다보곤 했다. 사실을 숨기려고 하면 앞에 있던 사람이 벌떡 일어나 이 사람 저 사람 엉덩이 냄새를 맡아보고 이 아지매가 방귀 뀌었네, 무슨 범인이라도 찾아낸 것처럼 야단법석이다. 그러면 또 방귀 뀐 사람은 큰 잘못이라도 한 것처럼 얼굴이 벌게지곤 했다.

여러 명이 모이니 방귀도 뀌고 땀 냄새도 나고 아이들은 떠들기도 했다. 이런저런 불편함이 있어도 전혀 불만하지 않았다. 오히려 남들을 더 위하면서 살아갔던 것은 유독 우리 식구들만 배려심이 있어서 그런 것이 아니었다. 전에는 누구라도 가진 것을 나누고 모두 우리라는 마음으로 살아왔다.

안방에 있는 TV는 온 식구가 한자리에 앉아서 보더라도 아버지 중심이었다. 아버지가 보시는 프로를 다 같이 봤으며 아버지가 뉴스나 시사 토론을 다 보시고 너희들 좋아하는 것 봐라, 하시면 그때야 어린이 프로나 또 다른 프로를 볼 수 있었다. 그러니 자연적으로 어른이 먼저이고 그다음이 아이들이었다. 그래서 효도하는 법을 따로 가르치지 않아도 생활 속에서 효를 배웠다. 그러나 이제는 텔레비전이 두 대 이상 되는 집들이 대부분이다. 식구들이 거실이나 방에 따로 앉아서 TV 시청에만 몰두하다 보니 가족끼리 나누는 대화도 줄어들고, 각자 시간을 보내는 것을 좋아하니 가족 공동체가 조금씩 무너지고 있다.

예전에는 아침저녁 밥상에서도 서로를 위하는 마음을 배워왔다. 고등어 한 토막이 밥상에 올라오면 그 또한 아버지가 먼저였다. 아이들은 아버지가 드신 다음에나 한두 번 먹었다. 그러나 아버지는 자식들 먹으라고 안 드시고, 자식들은 아버지 드시라고 안 먹고 서로를 위하다 보니 결국은 고등어 한 토막이 남는다.

지금은 먹고 싶으면 각자가 고등어 한 토막씩은 얼마든지 먹을 수 있는 시대가 되었다. 이런 풍요가 사람을 변질시켜 효도가 무너지고 자기만을 위하면서 우리라는 단어보다 자기중심의 단어가 더 많아지고 있다.

이것은 공유보다 사유가 더 많은 시대가 된 탓이라고 생각된다. 사유가 많아졌다는 것은 경제적으로 넉넉해졌으며 우리나라도 이제 선진국 대열에 올랐기 때문은 아닐까. 외국인들이 우리나라 사람들과 결혼 신청을 하거나, 여행 신청을 할 때도 절차가 엄청 까다로워졌다고 한다.

나라도 개인도 경제성장이 된 것은 참으로 기쁜 일이다. 그러나 상대성 빈곤에서 오는 후유증은 정신적으로 더 허함을 가져다준다. 어느 선비가 가난을 정신적으로 물리치기 위해 한 말이 생각난다.

나물 먹고 물 마시고 팔을 베고 누웠으니 대장부 살림살이 이만하면 넉넉하리' 옛 선비들은 물질의 가난보다 정신적인 가난을 경계하고 마음 밭에 부를 심었다.

자기가 가진 것이 없더라도 많이 가졌다고 생각을 하면 그 사람은 부유한 사람이 될 것이다. 때로는 정신적 부가 물질적 부 보다 행복 지수가 더 높다고 한다. 사유보다 공유가 많은 시대에는 이웃도 가족처럼 생각하고 살아왔다.

우리 생활에서 이제는 없어서는 안 되는 것 중 하나가 전화이다. 한동네에 전화가 몇 집 없을 때는 밤 열두 시가 넘어도 전화가 오면 숨이 차도록 뛰어가서 "영희 엄마 출장 가신 영희 아빠한테서 전화 왔어요.""빨리 와서 전화 받으세요." 이렇게 전하면서 생활하던 시절에는 불만도 불평도 없이 그저 당연하게 이웃과 더불어 살아왔다.

공유보다 사유가 많은 시대, 이웃과 함께하지 않아도 불편함이 없이 생활할 수 있는 시대, 내가 가진 것으로 충분히 살아갈 수 있는 시대, 이런 시대가 개인주의와 이기적인 사람을 만들어 내는 것이라는 생각이 든다.

'人'은 두 사람이 서로 기대어 한 글자를 만들어 낸 것처럼, 이웃과 더불어 서로를 위하면서 살아간다면 따뜻한 사회, 따뜻한 이웃, 따뜻한 가정이 될 것이다.

인생의 3대 액체

사람은 태어나서 죽을 때까지 인생의 3대 액체를 흘리면서 살아가야 한다. 요즘 많은 사람이 땀을 흘리지 않으려고 육체의 수고를 아낀다. 다들 공부를 많이 한 탓인지 아니면 사회가 그렇게 만들고 있는 것인지는 모르지만, 육체노동보다는 오히려 정신노동을 더 선호한다. 그러다 보니 정신이 병들어 정신과 병동마다 환자들로 넘쳐난다. 젊은 사람들은 우울증 때문에 알코올 중독이 되고 2차 병까지 얻는다.

심지어 도둑도 담 타 넘는 수고가 싫어서 도둑은 줄어들고 사기꾼은 늘어난다. 나라가 건전하게 발전되고 온 국민이 잘 살아갈 수 있는 일에 정신노동을 한다면 참으로 좋은 일이 될 것이다.

그러나 요즘은 신종 사기가 날로 늘어나고 남을 속여서 돈을 벌려고 하는 사람들 속에서 속지 않으려고 늘 긴장해야 하니 사회는 전쟁이다. 이것은 우리가 땀을 흘리지 않으려고 하는 후유증이라는 생각이 든다.

인생의 3대 액체 중 또 하나의 액체인 피도 다른 사람들을 위해서 흘려야 한다. 나라를 지키다 흘리는 피도 중요하지만 남의 생명을 지켜주기 위해서 나누는 피는 생명의 피, 의인의 피가 되며 가장 고마운 피가 될 것이다. 헌혈 은행에 저축된 피가 없다면 피가 모자라서 죽어가는 생명을 살릴 수 없을 것이다. 자기 건강상 헌혈을 할 수 없다면 어쩔 수 없지만 건강에 아무 문제가 없는 사람이라면 다른 사람의 생명도 소중히 여겨 피를 나눠줄 수 있다면 얼마나 아름다운 일이 아니겠는가, 정이 넘치는 따뜻한 사회가 될 것이다.

지금 고등학교 3학년인 아들이 초등학교 1학년 때 햄스터를 두 손에 올려놓고 놀이터에 나가더니 20분도 못되어 자지러지게 울면서 들어왔다. "피가 많이 나요. 엄마 햄스터 머리에서 피가 나요." 다급한 목소리로 울면서 뛰어 들어왔다. 햄스터 머리가 터져서 아들 손바닥에 피가 고여 있다. 아들은 그 피를 보고 너무나도 서럽게 울며 안타까워하였다. 아들이 하는 말을 들어보니 놀이터 잔디밭에 햄스터를 놓고 아이들과 놀고 있는데 3학년 형이 와서 햄스터를 자기에게 주지 않는다고 죽이겠다며 의도적으로 밟았다고 하였다.

나는 아들의 말을 듣고 화가 났다. 비록 어린아이지만

생명을 소중히 여기지 않고 피를 아무 생각 없이 본다면 그 아이 심성이 걱정되었다. 그래서 아이 엄마를 찾아가서 그 아이가 한 행동을 설명해 주었더니 그 아이 엄마는 미안함은 전혀 없고 오천 원만 주면 사는데 뭘 그러냐고 오히려 화를 내며 나에게 오천 원을 주고 홱 들어가 버렸다. 햄스터는 오천 원이면 살 수 있지만 생명은 오억으로도 살 수 없다. 피는 사람이든 짐승이든 생명하고 바로 직결되는 액체이다. 피로 인하여 한 생명이 죽기도 하고 살기도 하니 참으로 소중한 액체다.

또 하나의 액체로 눈물이 있다.

사람들은 슬플 때는 물론 기쁠 때도 눈물을 흘리게 된다. 우리나라 국가대표 선수들이 금메달을 딸 때 선수 부모님도 눈물을 흘리고 국민도 눈물을 흘린다. 기쁨이 크면 클수록 눈물도 많아진다. 아들이 초등학교 때 과학부에서 물로켓을 잘 만들어서 금상을 받았을 때도 나는 눈물이 났다. 이런 작은 기쁨에도 눈물을 감출 수 없었다. 그러니 슬플 때는 더더욱 감출 수 없는 것이 눈물이다. 눈물은 마음을 변화시키기도 한다. 어느 분의 자서전에서 읽은 내용이다. 그분은 어릴 때 동네에서 말썽꾸러기로 소문이 났다. 그래서 하루는 어머니가 아들 손목을 잡고 집으로 들어와 방문을 걸어 잠그고, 아들이 홀어머니 자식이라서 문제가 많은 아이라는 말을 듣지 않고 자라기를 바란다며 울었다. 한없이 눈물을 흘리시는 어머니를 바라보며 아이는 속으로 결심했다고 한다. 다시는 우리 어머니 눈에서 눈물을 흘리지 않게 하겠다고 다짐하고 그때부터 열심히 공부하여 유명한 김창인 목사가 되셨다고 한다.

눈물은 사람의 마음을 변화시키는데 가장 좋은 약이다.

글사냥 문학회와 나

글사냥 문학회에 속해있는 나는 오늘도 생활 속에서 글을 사냥하고자 펜을 잡는다.

나는 살아있는 생명에 총을 겨누는 잔인한 포수는 아니다.

그러나 자연 속에서 글을 잡으려고 늘 펜을 겨누는 포수가 되고 싶다. 가을이면 낙엽이 되어 잎이 다 떨어진 앙상한 나무들이 새봄이 되면 물이 오르고 어린잎이 돋아나듯이 2012년 봄을 맞이하여 글사냥 문학회 회원들의 글이 모여서 또 한 권의 책으로 세상에 나온다. 올해로 어느새 10집이 출판되니 나는 창간호 회원으로서 누구보다도 감회가 새롭고 기쁨을 감출 수 없다.

십 년이 되면 강산도 변한다고 하듯이 글사냥 문학도 많이 변했다. 처음에는 공부방 학생들처럼 안방에 모여서 공부하였지만 이제는 넓은 도서관에서 회원들이 황봉학 시인님 지도를 받으면서 너무도 진지하게 공부하고 있다. 백일장에 나가면 수필로 시조로 시로 다들 상을 받아 온다.

그러니 회원들의 글이 날로 발전되어 더욱 수준 있는 글로 책이 출판된다.

글사냥 문학회에 속해있는 나는 한참을 뒤돌아가 이십 대 때를 생각해 본다.

감수성이 예민한 젊은 나이 때, 한 번쯤은 누구나 문학소년 문학소녀가 되고 싶었을 것이다. 나 역시 한때는 문학소녀가 되어 지루한 전집을 밤을 새워 읽곤 하였다. 그러나 글을 쓰는 문인이 되고자 하는 마음은 전혀 없었다.

사람은 누구를 만나느냐에 따라 그 사람의 인생도 변한다고 했다. 우리에게 열정적으로 글쓰기를 지도해주시는 황봉학 시인님을 만났기에 나는 시를 쓰고 수필을 쓰는 문인이 되었다. 아직은 시인이라고 말하기에도 부끄럽지만 나에게 다가오는 사물을 가장 진실 되게 표현하는 시인이 되고자 노력을 아끼지 않는다.

때로는 한 편의 시와 한 편의 수필을 탄생시키기 위해 심한 몸살을 앓기도 하지만 한 분의 독자를 위해서라도 그 진통은 얼마든지 참을 수 있는 시인이 되고자 나 자신과 약속한다.

글사냥 문학회 책을 접하는 모든 독자 여러분은 겨울에도 늘 마음 안에 꽃이 활짝 피어나는 봄이 되시기를 기원한다.

빼빼로데이

빼빼로 과자는 담배처럼 가늘고 길쭉하여 아이들이 손가락에 끼워 어른들 담배 피우는 흉내를 내어가며 먹던 과자다. 이제는 11월 11일만 되면 빼빼로 데이가 되어 이날이 공식적인 기념일처럼 되었다. 어른들도 아이들도 빼빼로 과자를 주고받으며 서로 축복을 빌어준다.

이 빼빼로 데이 풍습은 1996년 부산 영남지역의 여중생들 사이에서 몸매를 유지하라는 뜻에서 친구들끼리 빼빼로 과자를 주고받던 것에서 시작되었다. 매년 제품 모양과 비슷한 11월 11일 날 청소년들은 빼빼로 과자를 꽃다발 모양으로 만들어 선물하였다. 다이어트에 꼭 성공하라는 메시지를 보내거나, 식사 대신 빼빼로 과자를 먹고 롱다리가 되라는 말을 서로 주고받으며, 11월 11일 11시 11초에 먹자고 서로 약속한단다.

이렇게 유래가 된 빼빼로 데이를 기다리던 우리 아들도 이날을 그냥 지나갈 리 없었다. 초등학교 2학년 때부터 빼빼로 데이가 가까우면 마음이 들떠 아들은 "엄마 빼빼로 사는 돈 얼마 주실 거예요?" 하루에도 몇 번씩 이렇게 묻곤 했다. 3천 원을 주겠다고 하면 부족하다는 듯이 입이 삐죽이 나오면서 표정이 어두워져 "뭘 그렇게 많이 살려고 하니 몇 개만 사면 되지" 화를 내며 하는 엄마의 말이 어린 아들에게는 상처가 될 것 같아 다시 5천 원을 주겠다고 하면 그제야 밝은 표정으로 가게로 뛰어가 다양한 모양의 빼빼로 과자를 사가지고 온다. 30센티 정도 되어 보이는 긴 모양의 빼빼로는 분홍색에 흰색 물방울무늬가 있는 포장지로 포장하고 리본 띠를 예쁘게 매어 꽤 고급스럽게 보여 선물 받는 사람 기분이 좋을 것만 같았다.

이 예쁜 빼빼로 과자를 담임선생님에게 드려야 할지 아니면 학습지 선생님에게 드려야 할지 아들은 고민하면서 또 친구들에게 나누어 줄 것을 미리 한 개씩 몫을 나눠 놓으니 빼빼로가 모자라는지 고개를 저어가며 심각한 표정으로 "다른 친구들에게도 줘야 하는데 어쩌지" 한다. 한걱정하는 아들을 곁눈으로 보고 웃으면서 모른 척하였지만, 어느 친구는 주고 어느 친구는 안 주면 그 또한 미안할 것 같다는 생각이 들었다 "그럼 엄마가 3천 원 더 줄까?" 하고 물어보니 고민이 한꺼번에 다 해결된 듯 기쁨을 감추지 못하였다. "엄마 정말 빼빼로 사는 돈 더 주는 거지요" 이렇게 몇 번씩 확인하는 아들에게 약속대로 돈을 주었더니 날듯이 달려가 빼빼로를 몇 개 더 사 가지고 왔다. 하지만 거기에 엄마 선물은 없었다.

나는 서운하여 아이처럼 내년부터는 빼빼로 사는 돈 주지 않겠다고 폭탄선언을 하였다. 그래도 매년 결심은 무너지고 해마다 빼빼로 데이가 다가오면 아들과 나는 빼빼로 사는 돈을 놓고 언제나 한바탕 경제 전쟁을 치르곤 하였다. 아들이 중학생이 되어서는 11월 11일이 다가와도 아무 말이 없더니 어느 날 학교에서 돌아온 아들이 가방에서 빼빼로 과자를 꺼내어 주었다. 엄마 선물이라는 말에 달력을 보니 빼빼로 데이였다.

초등학교 다닐 때는 친구들 챙기느라 엄마 선물은 생각도 못 하던 아들이 중학생이 되어서는 친구보다 엄마를 먼저 기억해 주며 선물을 주다니, 그동안 서운했던 마음이 봄눈처럼 녹으며 어느새 저렇게 자라서 철이 들었을까 싶다. 빼빼로처럼 키가 커서 더 멋있는 아들이 대견스럽고 행복했다.

그래서 기쁜 마음으로 할머니께도 빼빼로 데이를 설명하며 빼빼로 과자를 드렸더니, 할머니는 엉뚱하게도 섣달 그믐날 복조리에 관한 이야기를 하신다.

새해 복을 사라는 뜻에서 '복 사세요' 라고 크게 외치면서 복조리를 담장 안으로 던져주고 다음 날 돈을 받기 위해 대문에다 분필로 동그라미를 그려 표시를 해놓고 갔다. 때로는 다 지워져 며칠 지나도 돈을 받으러 오지 않는다고 말씀하시면서 공짜로 생긴 복조리가 좋으셨던지 배를 잡고 웃으신다. 할머니 말씀을 듣는 아들은 복조리의 유례를 전혀 모르니 할머니처럼 재미있지 않은 모양이다. 할머니 또한 빼빼로 데이가 무슨 날인지 설명을 해드려도 이해를 하지 못하신다. 이것이 할머니와 손자의 세대 차로구나 싶다. 할머니와 아들의 중간 세대인 내가 할머니께 더 상세하게 설명을 해드리니 그런 날도 있구나! 하신다. 할머니는 조금 이해가 되는 것 같았지만 아들은 할머니 이야기를 그냥 듣고만 있다. 옛 어른들의 재미있는 유례를 모르니 아들에게 복조리 유례를 더 자세하게 설명해 준다. 아마 우리나라 사람들은 무엇보다 복을 좋아하나보다 복 사세요, 복 받으세요, 이렇게 말하며 숟가락이나 밥그릇에도 福자를 새기는 것을 보며 복조리의 유례를 다시 한번 생각해 본다. 우리도 복 받은 사람들이라고 아들과 나는 오늘도 저녁을 즐겁고 복되게 보냈다.

아들이 사 온 빼빼로 선물 하나가 이렇게 할머니께도 내게도 기쁨을 주는 효도를 하였다.

어머니

내가 글을 쓸 수 있게 된 것은 어머니의 피가 내 몸에 흐르고 있기 때문이라 생각된다.

2010년은 어머니 연세가 97세가 되는 해이다.

어머니는 소학교(초등학교)에도 다녀보지 못한 것을 지금도 아쉬워하며 글자 한 자라도 더 기억하시려고 텔레비전에 나오는 자막을 읽으신다.

외갓집은 삼십 리를 가도 남의 땅을 밟지 않는다는 부유한 집안이었다. 그런데도 외할아버지가 "딸은 가정 살림이나 배우고 바느질이나 잘 배워서 시집가면 되지 학교는 무슨 학교냐"라고 하시는 말씀에 어머니는 말없이 그저 눈물만 흘리셨단다. 학교 가는 뜻을 접고 밤이면 집에서 슬그머니 나와 서당 마루에 혼자 앉아서 귀를 말아 세우고 도강을 했단다. 훈장 선생님의 목소리를 따라 천자문을 외우며 낮에는 동생을 업고 벼루 붓 종이를 챙겨 산으로 갔다. 묘 앞에 있는 상석 돌에다 종이를 펴놓고 글씨 공부를 하셨다고 하신다.

이렇게 배움의 열정이 남다른 분이시라 여성 국회의원

을 못해보신 것이 지금도 아쉬워하시며 "나도 배웠으면 박순천 여사처럼 국회의원이 되었을 텐데" 하고 열을 올리시며 말씀하신다.

어머니 젊은 시절에 박순천 여사님은 여성 국회의장까지 하신 분이시라 그 당시 여성으로선 최고의 자리에 오르신 분이니 어머니는 늘 그분을 부러워하셨다. 어머니는 무엇이든지 적극적인 성격이라 비록 국회의원은 못하셨지만 나름 훌륭한 점이 많은 분이시다.

부잣집에서 양반은 가난도 미덕이라 생각하고 사는 집안에 시집을 오셨다. 대쪽 같은 성품을 지니신 시아버지를 잘 모시고, 독학으로 글을 배운 실력을 발휘하여 시어머니께 심청전이며 장화홍련전이며 이런저런 소설책을 읽어드렸다. 다음 장면이 궁금하여 할머니는 밤이면 어서 설거지 끝내고 들어와서 소설책을 읽어 달라고 하셨단다.

어머니는 그때부터 늘 책을 접하고 있었으니 어쩌면 이미 문학을 하신 분이라 생각된다. 내가 어릴 적에 어머니는 할머니께 책 읽어드리던 실력으로 나에게도 동화구연처럼 이야기를 참 재미있게 해주셨다. 어머니는 감정이 풍부하여 웃는 장면, 우는 장면이 나오면 본인이 울며 웃으며 이야기를 해주셨다. 이야기를 듣는 나도 웃기도 하고 울기도 했었다.

지금 생각해 보니 어머니는 시낭송도 잘하셨다는 생각이 든다.

양반이 과거시험 보러 한양으로 가는 길에 소가 풀을 뜯어 먹는 것을 보고 쓴 시와 몸에 붙어있는 이를 소재로 쓴 시를 낭송해 주셨다. 옛날에는 누구나 몸에 이가 있었고 아이들은 머리에도 이가 있었다. 어머니가 '이'라는 시를 낭송해 주시면 나는 국어사전에도 나오지 않는 단어들이 많아서 무슨 뜻인지 모른다고 하면 어머니는 일일이 해석을 해주셨다.

어머니

갈거랑아 갈거랑아
시거둥하고 잘 놀아라.
나는 귀버섯 따 먹으로
가면 맡 바위 한데
부딪치면 올지 말지 하단다.

머리이야 강감 순아
너의 발이 여섯이면

원두철리 가 보았느냐

옷의 이야 백대춘아
너의 등에 먹 한 장을
지고 있으면 남의 선생
글 지을 때 글 한 장을
지어봤느냐.

이 시는 어머니 해석이 없이는 무슨 뜻인지 모르는 단어들이다.

갈거랑은 이가 알에서 금방 까고 나온 새끼 이를 표현한 것이고 시거등은 이 알을 가리킴이다. 귀 버섯은 우리 귀를 말함이고 맡 바위는 양쪽 엄지손톱을 표현한 것이다. 몸의 이가 목덜미를 타고 귀로 올라가면 귀가 가려워서 긁다가 이가 손에 잡혀 손톱으로 죽이면 그것이 맡 바위에 부딪치면 올지 말지 하단다. 어쩌면 죽을지도 모른다는 그런 표현인 것 같다.

머리 이는 검은 색이고 흰색인 몸의 이가 머리이야 강감 순아 너의 발이 여섯이면 원두철리 가 보았느냐 원두철리는 먼 거리를 말함이고 아주 조그마한 이가 발이 여섯 개라고 표현한 것은 참 예리한 관찰인 것 같다. 여섯 개 발을 가지고도 먼 거리를 가 보지 못하였다고 몸의 이가 약간 무시하는 말인 것 같다.

머리 이도 그냥 당하고만 있을 수 없기에 옷의 이야 백 대춘아 너의 등에 먹 한 장을 지고 있으면 남의 선생 글 지을 때 글 한 장을 써봤느냐 서로 반박하고 있는 느낌이 다. 몸의 이는 흰색이고 내장이 검게 여려 그것을 먹으로 표현하여 먹이 있어도 글을 쓰지 못한다는 듯이 머리 이 도 몸의 이에게 무시의 표현을 하였다.

어머니가 이에 대한 시를 들려주실 때마다 나는 전에 도 지금도 재미있다.

요즘 아이들은 이라는 벌레를 모른다.

아들도 이가 어떤 벌레냐고 나에게 물어가며 인터넷 검색창에 이라고 치면 이마트 이혁재 이다해 이효리 사람 이름만 나오고 '머리 이'라고 치면 이 벌레가 나온다. 이렇 게 인터넷 검색으로나 찾아볼 수 있지 이제 이, 벼룩, 빈 대, 이런 벌레들은 우리 생활에서 공룡처럼 멸종되었다.

그러나 내 어린 시절에는 잠자리에 들기 전에 내복을 벗어 이 잡는 것이 하나의 일이었다. 어머니가 이를 죽이 면 나는 내가 죽이려고 했었는데 왜 엄마가 죽이냐고 떼 를 쓰며 울었다. 그럴 때면 어머니는 내복 솔기를 뒤져가 며 이 한 마리를 잡아 주신다. 그러면 나는 손톱으로 이

죽이는 재미에 계속 잡아달라고 떼를 쓰니 어머니는 나에게 참빗으로 머리 이까지 잡아 주었다.

이런 추억은 오십 대 초반이라면 누구나 있었을 것 같다.

그리고 어머니 말씀에 이는 주인이 없다고 하신다.

다 누구에게서 이가 옮겨왔지 자기 몸에서 이가 생겼다고는 말하지 않는다고 하셨다. 왜 서로 자기 몸에서 이가 생긴 것을 부인하려고 했을까.

이제 이는 현대 문명에서 퇴출 된 벌레가 되었나 보다.

생각을 바꾸었다

나는 평소에는 낮잠을 거의 안 자는 편이다.

어느 날 밤잠보다 낮잠을 더 달게 자고 있었다.

그런데 밖에서 "계세요 아무도 안 계세요" 하는 소리가 비몽사몽 간에 들려왔다. 눈이 잘 뜨여지지 않지만 억지로 정신을 차리고 나가보았다. 웬 청년이 큰 가방을 메고 와 일회용 칫솔 하나, 수세미 하나, 때 미는 타월 하나, 이렇게 묶어서 만 원이라며 내게 물건을 내민다. 나는 아직 잠에서 덜 깨어 멍하니 물건을 바라보다가 아무리 생각해 봐도 만원이라고 하기에는 너무 비싼 것 같았다. 사지 않겠다고 냉정히 거절하였지만 청년은 쉽게 돌아서려 하지 않고 한 발짝 더 가까이 와서 물건을 다시 한번 내게 내밀면서 가정 형편을 설명하였다.

아버지는 직장을 그만두게 되셨고 어머니는 유방암으로 병원에 입원하셨단다. 그래서 가정 형편이 갑자기 어려워져 본인이 대학 학비를 마련하고자 이렇게 장사를 하게 되었다는 청년의 말에 나는 생각을 바꾸게 되었다.

만약에 이 청년이 칫솔과 수세미가 아니고 내게 칼을

들이대며 돈을 달라고 한다면 내가 만 원만 주었겠는가! 어쩌면 있는 돈 다 주고 카드까지 주었을지도 모른다는 생각되었다. 오히려 청년의 태도에 감사한 마음으로 물건을 받고 지갑에서 만원을 꺼내어 주며 얼굴을 보니 몹시 배가 고파 보였다.

아마 물건을 팔러 다니느라 점심도 먹지 못하였을 거라는 생각이 들었다. 나는 청년에게 조심스럽게 "나 점심을 안 먹었는데 라면 끓여서 우리 같이 먹을래요."

이렇게 말하였더니 청년은 조금 망설이다가 "그렇게 해도 돼요? 초면인데 실례가 되지 않을까요?" 말하면서도 선뜻 방으로 들어왔다.

나는 사실 점심을 먹고 바로 낮잠을 자다가 일어나서 무엇이 먹고 싶은 생각이 없었다. 나도 점심을 먹지 않았다고 말해야 청년이 부담 없이 점심을 먹을 것 같아 그렇게 말하였던 것이다. 라면을 끓여 밥과 김치를 놓고 상을 차려 청년에게 주면서 나는 점심을 먹었다고 사실대로 고백했다.

청년은 고마운 표정으로 라면과 밥을 맛있게 먹으면서 자기 생활을 이야기하였다. 형제로는 여동생이 한 명 있으며, 현재 어머니는 병원에서 항암 치료 중이시고, 아버지가 간호하신다고 나에게 터놓고 이야기를 했다. 청년이 지금은 가정 형편상 심적으로는 많이 힘들어 보이지만 지금의 용기로 세상을 살아간다면 아름다운 미래가 반드시 보장될 것이라 위로해 주었다. 이다음에 대학생이 되어 더 멋진 모습으로 만나자고 약속하였다. 비록 라면 한 그릇으로 점심 대접을 하였지만 청년은 맛있게 먹고 밝은 모습으로 나에게 인사를 하고 갔다.

때로는 생각을 바꾸면 부정도 긍정이 된다는 것을 청년을 통해 깨닫게 되었다. 청년을 믿지 못하여 냉정하게 대하였지만, 생각을 바꾸니 세상을 믿지 못한 것은 다만 나의 문제였다.

그리고 청년을 까맣게 잊고 있었다. 몇 달이 지난 후 청년이 멋진 대학생이 되어 음료수를 들고 약속대로 찾아왔다. 그전에 청년은 자신감 없는 표정과 어깨가 처진 그야말로 고개 숙인 청년이었지만 대학생이 되어 찾아온 청년은 몰라보게 달라졌다.

세련된 외모와 자신감 있는 목소리 당당해진 두 어깨 이렇게 발전적으로 변한 청년을 보니 지난날 어려움을 다 이기고 승리한 모습이었다. 이렇게 훌륭한 모습으로 찾아온 청년이 나는 너무도 반가워 두 손으로 청년의 손을 꼭 잡으며 고맙다는 말에 청년은 미소를 지으며 설명하였다.

영주에 외갓집이 있는데 외할머니 생신에 참석차 가는 길에 아줌마 생각이 나서 들렸다는 청년의 말을 듣고 나는 어머니 안부를 먼저 물었다. 어머니는 병원에서 퇴원하여 약물치료 중이시고, 아버지는 아파트 경비로 취직하셨단다. 청년의 말을 들으니 무엇보다 반가움이 앞섰다. 병마와 싸우는 어머니가 하루빨리 완쾌되기를 바라며 청년의 가정에 평화만 있기를 나는 마음속으로 기도했다. 청년을 만난 그날을 생각해 봤다. 그때 내가 청년에게 융숭한 대접을 한 것도 아닌데 이렇게 잊지 않고 찾아와주니 미안하기도 하고 감사하기도 하였다. 요즘 젊은이들이 고맙다고 선뜻 찾아오기가 쉬운 일이 아닌데 이렇게 찾아온 청년을 보니 남달라 보였다.

나는 지금도 청년이 공부 잘하여 이다음에 사회에서 어느 분야든지 꼭 필요한 사람이 되기를 마음으로 기도한다.

〈제1회 문경오미자 체험수기〉
금상 당선작

오미자는 나에게 기쁨과 감사입니다

'오미자', 이 세 글자만 생각하면 나에게는 기쁨과 감사가 절로 나옵니다.

지금 6학년이 된 아들이, 4학년 여름에 가까운 강에서 물놀이를 오래한 탓인지 열이 오르고 기침을 심하게 하여 병원에 데리고 갔더니, 급성으로 온 천식이며 심한 호흡곤란을 느끼는 증세이니, 소견서를 가지고 큰 병원으로 가보라는 것이었습니다. 원장님의 말씀에 나는 가슴이 덜컥 내려앉은 것 같았습니다.

하지만 나는 휠체어를 타는 장애인 엄마이기 때문에 큰 병원에 데리고 가는 것이 그리 쉽지가 않아, 혹시 민간요법에는 좋은 것이 없을까 하여 컴퓨터 앞에서 하나하나 검색하다가, 오미자가 천식에 매우 좋다는 것을 알게 되었습니다. 오미자는 기침이 나면서 가래가 끓고 숨이 찬 것을 치료하며, 특히 만성기관지염 확장증에 그 효력이 뛰어나기 때문에, 해수를 다스리는 귀신같은 약이라는 뜻에서 수신이라고도 한다는 내용이었습니다.

그래서 아들에게 오미자를 한번 먹여봐야겠다는 생각을 하게 되었으며, 마침 가을에 담아 놓은 오미자 엑기스가 있었기에 그것을 아들에게 먹였습니다. 그리고 인터넷에서 건오미자도 구입하여 설명대로 잘 우려서 물 대신 마시게 하며, 날마다 오미자 먹이는데 정성을 기울였더니 아들 목에서 갈갈거리는 가래 소리도 조금씩 약해지고, 기침 횟수도 줄어들더니 서서히 치료가 되었습니다.

나는 평소에 오미자는 엑기스를 만들어 물에 희석해서 마시는 음료수 정도로만 알았고, 맛 또한 신맛만 나는 것으로 알았는데, 오미자는 시고 짜고 달고 쓰고 매운 다섯 가지 맛이 나는 만큼, 간장과 심장, 폐장, 신장 등 오장에 두루두루 좋은 약재임도 처음으로 알았습니다. 아! 이렇게 좋은 약효가 있으니 우리 아들의 천식도 치료가 되었구나! 아들의 천식이 낫게 된 것을 동기로, 나는 오미자에 반하여 오미자를 점점 더 사랑하게 되었습니다.

그동안 틈틈이 익혀 두었던 컴퓨터 활용능력을 기반으로 2007년부터 인터넷을 통하여 문경오미자를 판매하게 되었습니다. 운이 좋았던지 인터넷 판매 첫해부터 옥션판매 1위를 하게 되었으며, 점점 고객이 늘어나면서 전국 방방곡곡에 문경오미자를 홍보하는데 전혀 어려움이 없었습니다. 많은 고객님께 문경 오미자를 자랑하였지만, 또 한번 문경 오미자를 자랑하고 싶어서 이렇게 글로 적어봅니다.

문경오미자는 전국 생산의 45%를 차지하며 문경오미자가 2006년 6월 20일에 전국 유일의 오미자 산업특구로 지정되었으며, 2007년 9월 17일에는 제4회 대한민국 지역혁신박람회에서 문경오미자 건강산업 클러스터 구축산업이 대통령상을 받게 되었다는 이 사실들이, 제가 문경오미자를 판매하는데 큰 힘이 되었으며 그래서 저는 2007년 3월에서 7월말까지 4개월동안 건오미자로 약 3천만원 상당의 매출을 올리게 되었습니다. 이렇게 판매 매출만큼이나 전국 고객님들도 늘어나고, 고객마다 건오미자를 구매하게 된 이유도 제각기 달랐습니다.

저는 부끄럽게도 오미자를 판매하면서 오미자 활용으로 요리하는 방법을 몰랐습니다. 그러나 요리학원 원장님이 건오미자를 구매하시면서 건오미자 우린 물로 물김치 담는 방법과, 무를 초절임할 때 오미자 물에 담그는 방법과, 송편 떡 반죽으로도 좋다고 하시면서, 그 밖에도 오미자를 활용해서 요리 하는 방법을 많이 배우게 되었으며 오미자의 단맛처럼 달콤하고 아름다운 사연으로 건오미자를 구매하시는 고객님도 만날 수 있었습니다.

경기도 하남에서 건오미자를 구매하신 고객님은 이웃에 사시는 할아버지가 자동차 주차관리 일을 하시면서 어렵게 생활을 하시는데 간 수치가 높아서 고생하시는 할아버지께 드리려고 구매하신다는 말을 듣고, 나는 그만 마음이 약해져서 저도 그 할아버지께 건 오미자 한봉을 선물한다는 간단한 편지와 건오미자 한 봉을 더 넣어서 보내드렸더니, '인터넷에서 물건을 많이 구매해 보았지만 사장님 같은 분은 처음입니다' 하시면서, 시골에서 가져온 국산 참기름 한 병을 저에게 보내 주셨습니다. 저 또한 감동 받았습니다. 그것이 인연이 되어 많은 분에게 소개 하셔서 오미자를 팔아주시는 특별한 고객이 되었습니다.

마산에 계시는 어느 고객님은 여섯 살 된 딸과 네 살 된 딸이 기침을 심하게 하여 늘 병원에 다녀도 낫지를 않기에 오미자를 먹여 보려고 구입한다는 말에 나는 아들이 천식 기침으로 고생한 일이 떠올라 그 엄마의 안타까워하는 심정을 충분히 헤아릴 수 있었기 때문에 오미자 엑기스를 병에 담고 우리 아들이 천식으로 고생하다가 오미자 먹고 낫게 된 내용의 편지와 같이 포장 박스에 넣어서 보내 드렸더니, 그 분 또한 인연이 되어 서로 안부전화를 주고받으면서 큰딸 시은이와 작은 딸 하은이의 이름 정도는 기억하게 되었습니다. 작은 딸 하은이가 오미자 먹고 기침이 많이 나았다는 전화를 받았습니다. 그러나 이렇게 달콤한 사연들만 있으면 얼마나 좋겠습니까?

어느 날 건오미자를 구매한 고객님으로부터 전화를 받았습니다.

"건오미자를 물에 담그니까 너무 빨갛게 우러나요. 혹시나 빨간색 물감을 뿌려서 말리지 않았나 해서요?"

그 말에 나는 너무도 기가 막혀서 잠시 할 말을 잊었다가 문경오미자 레디엠(rediM)에 관한 설명을 자세히 해 드렸습니다.

"제가 판매한 건오미자를 검사기관에 의뢰하여 검사를 해 보시고, 빨간색 색소를 뿌려서 말린 것이 나타나면 건오미자 판매한 금액에서 만 배로 돈을 드리겠습니다" 하는 나의 말에 그 분은 미안한 어조로 "TV에서 불만 제로를 보다가 전화를 하게 되었어요." 라며 미안하다는 말을 남기고 전화를 끊었습니다.

2008년 6월 4일 문경오미자 공동브랜드 레디엠(rediM)이 2008 대한민국 대표 브랜드 대상에서 친환경 농산물 브랜드 대상을 수상한 문경오미자가 붉은 색소를 섞은 오미자로 오해를 받는 것은 천부당만부당한 일이었습니다.

이런 가슴 아픈 일을 잠시 미루고, 저는 2007년도 문경오미자 인터넷 판매 경험을 바탕으로 2008년도에는 매출금액을 두 배로 늘려 보겠다는 각오로 8월부터 인터넷 오미자 사이트로 새로이 보완하여 9월 중순부터 생오미자 판매를 시작했습니다. 친환경으로 재배한 문경오미자는 세계 제일의 명품임을 자부하며, 판매자 또한 명품 판매자가 되고자 이른 아침부터 생오미자를 맑은 물에 씻어서 물이 빠진 다음에 택배시간까지 포장을 마치려면 95세가 되시는 어머니까지 도와 주셔도 점심 먹을 시간이 없었습니다. 이런 나의 수고가 헛되지 않아 구매 평가에서 고객만족 100%를 받게 되었으며, 제주도를 포함한 도서 산간벽지까지 문경오미자를 홍보하여 택배로 보낼 때, 나는 가슴 뿌듯한 기분을 느꼈습니다. 저희 집에 오시는 손님들은 한 번씩은 놀라는 일이 있습니다. 그것은 다름이 아니라 오미자 때문입니다.

생 오미자 2kg, 설탕 2kg, 총 4kg 기준으로 1,000개를 담아 판매하는 오미자를 보시고는, 대중가요 '어머나' 노래처럼 놀라십니다. 그러니 저희 집에는 거실에도 오미자, 작은방에도 오미자, 건넛방에도 오미자, 주방도 오미자, 건넛방 부엌에도 오미자, 그야말로 오미자가 없는 곳이 없습니다. 나는 오미자에 반하여서 오미자를 사랑하게 되었고, 그래서 지금 오미자와 동거생활을 하고 있답니다.

제가 어릴 때 설날에 예쁜 설빔 옷을 입으려고 설날을 기다리듯이, 저는 오미자 축제를 손꼽아 기다리면서, 나의 고객님들에게 일일이 전화를 해서 9월 20일에서 21일까지 오미자 축제 날짜를 가르쳐 드리고, 단골 고객님들과 오미자 축제 때 만나기로 약속도 했지만, 사이트에 올리기 위한 동영상 촬영을 위해서는 맨 앞자리에 있다 보니 오신 분을 일일이 만나지 못하는 아쉬움도 있었습니다.

오미자 축제 개막식 때 문경시장님 축사에서 "세상에 다섯 가지 맛을 지닌 것은 오미자 밖에 없으며, 어느 분이 경동시장에서 제일 좋은 오미자를 달라고 하니까 문경오미자를 내주면서 이것이 제일 좋은 오미자입니다." 하더라는 시장님 말씀을 듣고, 오미자를 판매하는 저는 어깨가 으쓱하여 신바람이 나서 마음으로 큰 손뼉을 치며 기쁨을 금치 못했습니다. 저는 그동안 자랑스러운 문경오미자를 레디엠(rediM)이라는 상표로 브랜드화 되게 해주신 문경 시장님께 진심으로 감사드리며, 친환경으로 오미자 재배를 하시는 모든 분들에게 아울러 감사드리며 문경오미자 인터넷 판매자로서 문경오미자가 국경선을 넘어 전 세계에 알려지고 쓰일 때까지 온 힘을 다할 것을 다시 한 번 다짐해 봅니다.

작품 해설

휠체어를 타고 내려온 천사의 이야기

엄다경 시인

'시인에게 시집은 새로운 우주다'라는 말이 있다. 시집을 낸다는 것은 자신의 우주를 새로 건설하는 것과 같다. 어떤 시인은 시집에 담지 못한 시는 떠돌이별일 뿐이라고 말하기도 했다. 그만큼 시를 쓰는 시인에게 시집을 내는 일은 중요하고 꼭 해야만 하는 일이다. 우리에게 주어진 삶의 시간이 얼마인지를 예측할 수 없기에 더욱 그렇다.

이경희 시인은 사물에 대한 깊은 관심과 관찰을 통해 꾸준히 시를 써왔다. 그동안 생업과 질병에 쫓기느라 시집으로 묶지 못한 시들을 찾아 모았다. 세상에서 유일한 그녀만의 아름다운 우주를 만들고자 한다. 천사라는 별명답게 곱고 고운 시심을 가진 그녀, 그리고 치열하면서도 아름다웠던 삶. 그녀의 시를 따라가며 굳세게 살아온 그 궤적을 돌아본다. 시의 해설보다는 오랫동안 같이 공부한 문우의 한 사람으로서 그녀가 평소 들려준 이야기를 중심으로 삶을 재조명 하는데 초점을 맞추었다.

여름이면 아버지는
마당에 매캐한 모깃불을 피우고
극성인 모기들을 쫓았다
온 가족이 들마루에 나란히 누우면
반딧불이 푸르게 공중을 날고
은하수가 길게 하늘을 가로질렀다

별들이 내려와 내 얼굴을 만지고
별들이 내려와 아버지 어깨를 만지고
별들이 내려와 어머니 손등도 만진다
별들도 다정한 우리집 식구가 되어
모깃불 옆에서 잠들었다가
해가 뜨니 놀라서 하늘로 도망갔다

                              - 「여름 동화」 전문

이경희 시인은 자그마한 체구를 갖고 있다. 마치 어린 천사처럼 작은 키에 팔과 다리 또한 보통 사람 삼 분의

일 길이 정도밖에 안 된다. 어릴 때는 짧은 팔다리라도 자유롭게 움직일 수는 있었다고 한다. 하지만 늦게 낳은 막내딸을 어떻게든 걷게 하고 싶었던 부모님이 전국의 약방으로 침술원으로 다니는 도중 대침을 잘못 맞는 바람에 다리마저 굳어지게 되었다.

시인은 몸이 불편한 장애인이라고 하여 절대 기죽지 않는다. 어떤 일 앞에서도 망설이지 않는다. 어떻게 저런 작은 몸에서 거침없는 추진력이 나올까 신기하기까지 하다. 언젠가 시인이 들려준 이야기에서 그 당당함의 근원을 찾을 수 있었다. 약한 몸에 걸을 수 없어 학교를 제대로 다니지 못한 시인이었기에 그녀의 오빠는 그 시절엔 귀한 장난감과 인형 등을 여러 개 사와 동네 아이들이 오면 대장 노릇을 하게 해주었다. 공무원 박봉을 쪼개 월급날이면 예쁜 옷도 사 입혀주었다. 결혼한 이후에도 매달 꼬박꼬박 용돈을 보내주는 오빠에게 너무나 고맙다고 또 묵묵히 함께해주는 올케에 대한 고마움을 자주 말하곤 했다. 비록 몸은 불편해도 이렇게 사랑을 듬뿍 주는 부모님과 오빠들이 있어 기죽지 않고 당당하게 살아갈 수 있었다.

여름밤 들마루에 누워 하늘을 바라보며 푸른 반딧불과 은하수를 보며 시인의 꿈을 키웠을 것이다. 작은 몸 안에서 꿈은 무럭무럭 자랐고 상상의 나래는 하늘 높이 솟아올라 은하수를 건너갔다 오곤 했을 것이다. 다정한 친구 같은 별들이 내려와 얼굴을 쓸어주면 충만함으로 가슴이 벅찼을 것이다. 그 설렘은 한 편의 동화가 되어 그녀에게 돌아왔다. 아침이면 후다닥 도망갔던 별들이 밤이 되면 다시 찾아와 작은 눈동자에 빛나는 꿈으로 박혔으리라.

긴 세월 못 이겨
고운 어머니 얼굴에도 검버섯이 생겼다
분을 바르지 않아도 인물이 좋았던 어머니는
검버섯을 피부병이라 우기신다

날마다 약초 찧어서 얼굴에 붙이면
검버섯이 사라질 거라 믿는다
오 남매 낳아 기르신 세월이
어머니 마음을 몰라주고
고운 모습을 다 가져갔다

약초도 연고도 효험 없으니
병원 치료 받기를 원하시는 어머니께
자식들 뜻 없이 돌아가며 한마디씩 하였다
그 연세에 치료가 되겠냐고

자식들 생각 없이 한 말에
노여움이 폭발한 어머니를 달래려고
어머니 좋아하시는 고기나 드시러 가자고 말씀드렸다

장롱 속에 꼭꼭 숨겨놓았던
금반지 금목걸이 찾아내어 거울 보면서
목걸이 걸고 손가락에 침 발라 가며 반지 끼고
꽃단장 하시는 어머니 마음은
아직도 수줍은 여인이었다

– 「구십팔 세」 어머니 전문

   어머니는 누구에게나 근원적인 그리움의 대상이다. 어머니를 통해 세상에 왔고 그 품에서 젖을 먹고 자랐으니 세상 어떤 대상보다 친근하고 떨어질 수 없는 존재이다. 시인도 어머니의 사랑을 늘 이야기하곤 했다. 시인이 불편한 몸으로도 봉사하고 부모 없는 아이들을 데려다 키우는 너른 마음을 가진 것은 어머니에게서 배운 것이다. 먹을 것도 입을 것도 귀하던 그 시절 시인의 어머니는 동네 거지를 보면 꼭 집에 데려와 밥을 먹여서 보냈다고 한다. 그 차림새가 어떻든 상관없이 집으로 데려와서 식구들이랑 같은 상에서 밥을 먹였는데 어떤 거지는 누더기에 이가 기어다녀 어린 마음에 이가 옮을까 걱정하면서 밥을 먹을 정도였다고 한다. 보따리를 이고 동네마다 행상 다니는 아주머니들을 데려와 재워주는 일도 다반사였다. 생활력도 강했던 어머니는 시골 동네를 돌며 화장품 방문판매 일도 했었는데 한 번은 장사 마치고 돌아오다 시골길에서 강도를 만났다고 했다. 강도에게 맞아서 온몸에 멍이 들고 다리가 부러졌는데 나중에 잡고 보니 어린 학생들이어서 젊은이 인생 망치면 안 된다고 직접 가서 선처를 호소하기도 했다고 한다.

후에 시인이 아이 여럿을 집에서 키울 때도 직접 기저귀를 빨고 아이들을 돌보면서도 불평 한 번 하지 않으셨다고 한다. 오히려 다른 아이들은 부모 있으니 좋은 것 안 입히고 안 먹여도 되지만 이렇게 부모 없는 아이들은 얼마나 딱하냐며 옷도 항상 메이커 입히고 분유도 비싼 분유를 사오셨다 한다. 옛날 분임에도 이렇게 의식이 깨인 분이셨으니 자신을 가꾸는 일에도 적극적이었다. 검버섯을 피부병이라고 우길 만큼 늙음을 막고 싶어 했다. 그 마음 안에는 몸 불편한 막내딸 곁에 오래오래 있고 싶은 마음이 있어서이리라. 자신이 늘 곱고 자신 있는 엄마로서 딸을 지켜주어야 딸도 당당하게 살아갈 거라는 마음 때문이었다. 구십팔 세 나이에도 그 마음을 잃지 않고 딸의 곁에 있고 싶은 어머니의 사랑이 애틋하다.

넓은 하늘 아래
또 하나의 싱그러운 하늘이 펼쳐져
맑은 호흡으로 생명이 자라나는 잔디 마당
초록잎 하나하나에 동심이 자라는
애육원 잔디 마당

시린 발을 아랫목에 묻듯
잔디밭을 뛰어노는 천진한 어린이들

아름다워라
정말 아름다워라

꿈을 모아 희망을 모아
안식의 궁전을 만들어 가는

애육원의 사랑스러운 어린이들
맑게 자라나는 이 아이들은
신이 주신 고귀한 선물이어라

- 「잔디 마당」 전문

마음이 순수하고 맑았던 시인은 자신은 부모와 형제의 사랑을 듬뿍 받았지만 그런 사랑을 받지 못하는 아이들을 늘 안타깝게 생각했다. 그래서 직접 아이들을 데려와 기르기 시작했다. 불편한 몸으로 아이들을 돌보는 일은 참으로 어려웠을 것이나 개의치 않았다. 시인의 부모님도 묵묵히 그 일을 도왔다. 아이들을 목욕시키고 기저귀 갈고 분유 먹이고 아버지도 아기를 업고 달래며 아이들을 함께 키웠다. 그렇게 아이들이 커가는 모습을 보며 자신이 해야 할 사명이라 여기고 살았다. 또 정기적으로 애육원 봉사활동을 다녔다. 아이들이 필요한 물품들을 가져다주고 맛있는 음식을 만들어 먹이곤 했다. 그 경비를 마련하고자 인형 만들기에 속옷 만들기 전자부품 조립 등 집에서 할 수 있는 부업도 안 해본 것이 없다고 했다.

그렇게 기댈 곳 없는 아이들의 발목이 시릴 때 따뜻하게 묻을 수 있는 아랫목이 되고자 했다. 푸른 잔디에서 해맑게 뛰어노는 아이들이 모두 하나님의 귀한 보물임을 일깨워주고자 애썼다. 세상 누구도 차별받거나 홀대받아서는 안 된다고 말하던 시인. 그녀의 보살핌과 기도로 많은 아이들이 포근하게 자라났다.

얼마나 가슴을 태워야 하는가
견뎌야 하는 수많은 날을 위해
질긴 어둠을 뜬눈으로 밝히며
누구를 위해 애간장을 녹여야 하는가

얼마나 가슴을 태워야 하는가
안을 수 없는 너의 여린 눈망울은
보기만 해도 가슴이 무너지는데
누구를 위해 한줄기 불빛으로 남아야 하는가

얼마나 가슴을 태워야 하는가
아무리 돋우어도 어둠은 사라지지 않는데
뜨거운 절규를 심지 속에 감추고
누구를 위해 꺼지지 않는 촛불로
남아야 하는가

– 「하얀 눈물」 전문

늘 씩씩하고 대장부 같은 시인은 무슨 일이든 거침이
없었다. 싱크대를 작은 키에 맞춰 제작하고 손수 음식을
만들어 남에게 대접하는 것을 좋아했다. 베풀기 좋아하
는 어머니를 닮아서이다. 하지만 세상 사람이 다 시인의
마음 같지는 않았다. 이런 시인의 착한 마음을 이용하여
사기를 치는 사람도 많았다. 차 산다고 명의만 빌려달라
고 하고는 차를 사고 도망가는 사람도 있었고, 아예 갚
을 생각도 없이 습관적으로 돈을 빌려 달라는 사람도 있
었다. 어렵게 어렵게 아이를 키워주면 오히려 원망하는
사람도 있었다. 장애인 가정도우미로 온 사람이 돈이나
물건을 훔쳐 가기도 하고 특정 종교에 빠진 한 도우미는
오히려 집안 반찬을 빼가기도 했다. 그동안 이런저런 일
들이 얼마나 많았을 것인가.

하나님을 굳게 믿고 기도로 생활하던 시인이 얼마나
가슴이 타면 이런 시를 썼을까 생각하면 마음이 아프다.
한 자루 촛불이 되어 세상을 밝히고 싶었지만 그걸 이용
하는 사람들. 상처받은 시인의 마음이 고스란히 느껴진
다. 가슴을 태우고 눈물을 흘리며 슬퍼하면서도 그녀는
촛불의 길을 내려놓지 않았다. 자신이 하얀 눈물을 흘려
야만 누군가에게 어둠을 밝히는 빛이 됨을 알았기 때문

이다. 고통스럽지만 자신의 사명이라 여기며 묵묵히 흘린
하얀 눈물이 세상을 온기로 채웠으리라 믿는다.

백지를 보면 시를 쓰고 싶다
목줄기를 타고 내려가는
가장 진실한 마음을
줄줄이 토해내며 시를 쓰고 싶다

한 떼로 몰아닥치는
고독의 갈증을 느낄 땐
헝클어진 마음을
백지 위에 다 풀어놓고 싶다

참회하듯 백지에 무릎을 꿇고
밤새 쏟아낸 붉은 피로
끝없는 여행을 홀로이 떠나며
제목 없는 시를 쓰고 싶다

– 「시인의 고백」 전문

시인은 누구를 만나느냐에 따라 인생이 달라진다는

말을 자주 했다. 그러면서 자신도 좋은 스승을 만나 삶이 바뀌었다고 말했다. 그렇게 스승인 황봉학 시인을 만나서 시를 공부하게 된 것은 생의 전환점이 되었다. 사람에게 상처받고 홀로 고통스러워하며 불면증에 걸려 잠도 못 자던 그녀에게 문학이라는 새로운 세계가 펼쳐졌기 때문이다. 비로소 어린 날 상상의 세계에서 꿈꾸던 시인의 길을 걷기 시작했다. 사람들에게 받은 상처와 고통을 책을 읽고 시를 쓰며 치유하였다. 문학회 사람들과 교류하면서 문학과 역사에 대해 배우고 함께 토론하며 생활의 활기를 되찾았다.

시를 쓰는 일이 쉬운 일은 아니었기에 고민도 많이 했지만 좋은 시를 쓰고 싶은 꿈으로 마음이 출렁였다. 시립도서관에서 격주로 열렸던 시창작 수업에 빠지지 않고 참석했다. 휠체어를 타고 비가 오나 눈이 오나 30분 거리를 달려왔다. 시가 있어 그녀의 삶이 풍성해질 수 있다며 시에 대한 애정을 놓지 않았다.

인생의 길을 가다가
가파른 절벽을 만날지라도
곧바로 돌아서지 말고

다시 한번 길을 찾아보자

내가 찾은 길이 비록
좁고 험한 가시밭길일지라도
포기하지 말고 나아가보자

그 어떤 길이라도
버리지 않으면 희망이 보이고
꾸준히 걷다 보면 성공이 보인다

- 「그 길은」 전문

시인은 늘 새로운 도전에 거침이 없었다. 불편한 몸으로 여기저기 다니며 돈을 벌기가 쉽지 않았기에 컴퓨터를 배워서 인터넷 판매를 시작했다. 비장애인도 쉽게 뛰어들지 못하는 사업을 과감히 시작한 것이다. 대게를 팔고 옥수수를 팔고 사과를 팔았다. 매일 매일 작은 몸으로 부지런히 움직였다. 문경이 오미자 특구로 지정되면서 문경오미자도 판매하기 시작했다. 직접 생오미자를 주문해서 오미자청을 담고 택배로 부치는 일을 해냈다.

판매 중 불만 사항에는 직접 통화하며 해결했다. 목소

리가 맑고 이뻐서 그 소리에 반해서 만나자고 하는 사람들도 많았다고 한다. 하지만 어떤 사업이 쉽기만 하겠는가. 인터넷 판매에 어려움도 많았다. 대게를 일부러 상하게 해서 사진을 올리고 클레임을 거는 경쟁업체도 있었다. 남김없이 다 먹은 뒤 살이 안 찼다고 환불해 달라고 하는 사람도 있었다. 밭떼기로 계약재배하고 대금을 미리 지불 했는데도 농산물을 주지 않는 사람도 있었다. 이런저런 스트레스로 결국 구강암을 앓고 진료한 의사들이 소생이 어렵다고 했지만 그녀는 오뚝이처럼 다시 살아났다. 위의 시에서 그 마음이 그대로 드러난다. 가파른 절벽을 만났다고 좌절하고 울고 있지 말고 다른 길을 찾아보라고 말한다. 이것은 시인의 경험에서 우러나온 시구일 것이다. 가시밭길과 돌길이어도 포기하지 말고 꾸준히 걸어보라고 시인은 격려한다. 포기하지 않으면 어떤 방식이라도 길이 보일 것이라는 말에 용기가 솟아난다.

내가 바다를 걷는 것은
사랑하는 임이 모래 위에 써 놓은
나의 이름을 찾기 위함입니다

내가 바다를 걷는 것은 시가 되고 노래가 되고

별이 되고 구름이 되고
섬이 되고 등대가 되어
그대를
만나고 싶기 때문입니다

내가 바다를 걷는 것은
파도 소리 스민 달빛 껴안고
먼 길 떠나 버린 그대
사랑하기 때문입니다

– 「내가 바다를 걷는 것은」 전문

바다는 우리에게 어떤 곳일까? 사람들은 가슴이 답답할 때 바다를 보고 싶어 한다. 끝없이 펼쳐진 파란 바닷물을 보면 한정된 공간에서 비슷한 일을 반복하던 일상의 권태로움이 날아가기 때문이다. 그리고 먼 수평선 너머에는 내가 알지 못한 꿈의 세계가 있으리라는 상상을 할 수 있기에 더욱 바다를 그리워한다. 비장애인도 이러할진대 거동이 불편한 시인은 얼마나 바다를 꿈꾸었을까. 죽기 전에 바다를 꼭 보고 싶다고 버릇처럼 말했다. 주변의 도움으로 이제 바다를 보는 꿈을 이루었다. 밀려왔다 밀려가는 파도를 하염없이 눈에 담으며 그리운 모든 것을 꺼내어 본다. 자유로운 몸으로 시가 되고 노래가 되고 별과 구름이 되어 세상을 날아다니는 꿈도 꾼다. 그리운 사람과의 애틋한 추억도 반짝이는 바닷물에 녹아들었다. 이제 등대가 되어 어둠에서 길 잃은 이들의 길잡이가 되고 싶은 마음도 마음껏 꺼내놓았다.

시인은 또 말했다. 나는 내가 할 수 없는 것을 한탄하기보다는 할 수 있는 일에 집중한다고. 이 몸으로 높은 산을 오르는 것은 불가능하지만 세상에는 다른 할 수 있는 일도 많다고. 왜 할 수 없는 일만 생각하며 불평하고 있냐고 그런다고 달라지는 것은 없다고 말했다. 시인은 장애인이라고 남에게 의지하며 남의 도움만 받고 살아서는 안 된다는 신념을 갖고 있었다. 자신이 할 수 있는 일은 어떻게든 스스로 해야 한다고 늘 주장했다. 그래서 장애인 단체에 나가 자신의 체험을 강의하기도 했다. 정부 차원에서 장애인의 자립을 위해 정책을 마련해 줄 것을 주장하기도 했다. 바다만큼 넓은 마음을 가진 그녀가 다시 바다에 가서 출렁이는 바닷물을 볼 수 있기를 꿈꿔본다.

벽돌담 실금 사이로 봄이 찾아왔다
민들레가 푸른 잎으로 눈인사를 한다

민들레야!
바람 세게 불어도 벽을 꼭 잡고 넘어지지 말아라
햇볕 뜨거워도 목마르지 말아라
아무도 보아주지 않는다고 울지 말아라

밤이면 샘물 같은 이슬 먹고
비 오는 날에는 빗물을 배불리 먹고
꿋꿋하게 살다 보면
언젠가 어여쁜 꽃이 필 거란다

너는 아직 모르겠지만
네 속에 바로 꽃이 있단다
황금보다 노오란 꽃이 들어있단다

- 「민들레」 전문

　불편한 몸이었지만 시인은 억척이었다. 하지만 타고나
기를 약하게 타고난 몸을 아끼지 않고 너무 일에 매달렸
다. 생오미자를 세척하다 골반뼈가 부러지는 사고를 당

하고 만다. 일반인과 달리 뼈가 아주 약하고 전신마취를 할 수 없어 수술도 어려웠다. 뼈가 어긋난 상태 그대로 아물면서 심한 통증에 시달렸다. 어긋난 뼈는 계속 신경을 건드렸고 누울 수도 앉을 수도 없이 매일 밤 울면서 지낸다는 말을 들었을 땐 안타까워 눈물이 났다. 마약성 진통제로 하루하루 견딘다며 책을 볼 수도 시를 쓸 수도 없다고 울먹였다. 엎친 데 덮친 격으로 다시 오른팔이 부러졌고 몸은 쇠약해질 대로 쇠약해졌다. 병세가 악화되었다는 소식을 듣고 문병 갔더니 시인은 말을 잃었다. 늘 또랑또랑한 목소리로 말하기를 즐기는 그녀의 침묵이 너무나 어색했다. 무언가 할 말이 있는 듯 기척만 할 뿐 말을 잊은 그녀는 의사 표현을 못 했다. 하지만 얼굴은 너무나 맑았다. 그녀가 어떤 상황에서도 언제나 의연히 돌아왔듯이 다시 떨치고 돌아오리라 믿는다.

겨울이 절정일 때 우리는 이렇게 추운데 봄이 올까 싶을 때가 있다. 하지만 춥고 매서운 겨울은 결국 물러가고 따스한 봄은 오기 마련이다. 시인은 벽돌담에 찾아온 봄을 노래했다. 그 틈에서 자라나 잎을 펼치는 민들레를 보며 반가운 인사를 나눈다. 그러면서 어떤 고난이나 어려움이 와도 꿋꿋하게 자라라고 당부한다. 왜냐하면 시인은 알고 있기 때문이다. 이제 막 여린 잎을 피우는 민들 레지만 그 속에 샛노란 꽃이 들어있음을 알고 있음이다. 노랗게 노랗게 피어나서 세상을 밝히다가 하얗게 부풀 어 날아갈 민들레.

한 사람의 생 또한 민들레와 다르지 않다. 태어나 자라 고 꽃 피우고 다음 생을 위해 뽀얀 갓털을 달고 날아간 다. 그 나날들에는 비도 오고 바람도 불고 가뭄이 오기 도 할 것이다. 어느 날은 누군가 짓밟고 지나가기도 할 것 이다. 하지만 그 안에 숨 쉬고 있는 꿈을 놓지 말아야 한 다. 누구나 보석 같은 꽃을 피우고 꽃이 지면 하얀 영혼 은 자유롭게 다른 배움을 위해 떠나갈 것이다. 그리하여 어느 땅엔가 닿아 또 잎을 피우고 꽃을 피우고 홀씨를 날릴 것이다.

작고 여린 몸으로 써온 그녀의 시는 민들레 같다. 노 오란 꽃의 시간을 지나 보송보송 부풀어 오른 홀씨가 된 시. 그녀가 만들어낸 작고 소중한 시의 씨앗들이 세상으 로 날아가 누군가의 가슴을 빛내주고 달래 주기를 소망 한다.

시집 발간 취지와 경과보고

요즘은 수업에 참여하지 않아 오래 연락 없던 회원에게서 전화가 왔다. 반가운 인사를 나누기도 전에 "그렇게 귀한 일이면 당연히 동참해야지요, 빨리 계좌번호 주세요" 무슨 일인가 물어보기도 전에 재촉이시다. 단체카톡방에 올려져 있는 내용을 보고 바로 전화하셨다는 말을 듣고 카톡에 올라온 글을 확인하는 사이에도 두 분에게서 또 전화가 왔다. 얼른 후원계좌를 달라고 하신다.

이경희 시인께서 병원에서 사경을 헤매신다는 소식을 듣고 작가사상문인회 회원들이 모여 병문안을 갔다. 늘 또랑또랑하게 말씀하시던 목소리가 귀에 선한데 한마디 말도 못 하고 눈만 깜빡이는 시인을 보니 가슴이 미어진다. 돌아서 나오며 지도교수이신 황봉학 시인께서 울먹이며 말씀하신다. 평생을 자신보다 남을 위한 봉사로 사셨는데 저렇게 허무하게 가시게 해서야 되겠냐고, 우리가 지금 뭘 해드려야 깨어나실지는 모르지만 어떻게든 시집이라도 서둘러 내어드려야겠다고 하신다.

황봉학 시인께서 밤새 고심하다 좋은시바르게낭송하기운동본부 회원들께 이경희 시인의 고귀한 삶을 소개하고, 사경을 헤매고 있는 시인의 시집을 낼 수 있도록 응원과 후원을 청하는 글을 올리셨다. 글이 올라오자마자 동참하겠다는 전화를 한 것이었다. 서둘러 후원계좌를 만들어 올리자 너도나도 댓글로 동참을 알려온다. 한 시간도 되기 전에 40명이 넘는 회원들의 댓글이 달렸다. 너무나 가슴이 벅차고 뜨거워 눈물이 멈추질 않는다. 하루만에 106명의 회원으로부터 동참하겠다는 댓글이 올라온 것이다.

황봉학 시인께서 20년이 넘게 단체를 이끌어 오거나 제자들을 가르치면서, 한 번도 후원을 청하는 모습을 뵌 적이 없었다. 하지만 이경희 시인의 선행의 삶을 이대로 묻어버리기엔 너무나 안타까워, 혹시나 하는 마음으로 올리셨다는 글에 이렇게 많은 분이 동참해 주시리라고는 꿈에도 상상하지 못한 일이었다. 많은 분의 응원과 기도가 닿아서인지 혀가 빠져나와 아무것도 먹지 못하던 이경희 시인께서 말문이 트이고 미음을 먹을 수 있는 기적같은 일이 일어났다. 이대로 희망을 잃지 않고 쾌유하시기를 기도하며 휠체어를 타고 내려온 천사에게 이 시집을 바친다.

- 좋은시바르게낭송하기운동본부 부본부장 김동희

후원자 명단

강문숙(서울)	김정순(청주)	박주원(진주)
강병숙(김해)	김정해(청주)	박찬송(상주)
강여정(부산)	김지연(서울)	박필령(서울)
김경희(수원)	김지원(대전)	박혜선(창원)
김구연(안산)	김창수(광명)	서미선(수원)
김도영(동해)	김혜경(대구)	서수옥(서울)
김동희(문경)	김희선(봉화)	성주향(울산)
김상윤(논산)	나정숙(광주)	송명순(봉화)
김상희(대구)	남태희(원주)	송연희(용인)
김선희(상주)	도명희(문경)	심관희(대구)
김양선(동해)	박경자(제주)	안병렬(용인)
김영희(울산)	박계현(진주)	엄다경(문경)
김옥련(칠곡)	박기영(포항)	여채원(김해)
김용자(서울)	박동주(김해)	염만순(안양)
김은지(서울)	박영예(옥천)	영정화(안산)
김인영(서울)	박은경(용인)	오점숙(문경)
김인회(서울)	박정희(울산)	우영식(오산)
김정란(대구)	박종래(서울)	유혜재(대전)

윤경숙(상주)	장순미(수원)	주태순(의성)
윤민희(수원)	장재연(서울)	차현미(당진)
윤혜정(광주)	전윤주(광주)	천사빈(평택)
이명옥(수원)	정다운(수원)	최경순(평택)
이명화(수원)	정미화(대구)	최봉예(수원)
이미자(기장)	정서영(창원)	최순희(홍성)
이미자(문경)	정선옥(봉화)	최윤주(용인)
이병숙(화성)	정선혜(울산)	하남칠(남해)
이성순(안산)	정영례(성남)	한순희(경주)
이성자(서울)	정우화(상주)	한애란(문경)
이숙희(서울)	정을수(경주)	허봉희(서울)
이순자(청주)	정종열(문경)	홍담재(서울)
이순화(예천)	조경식(수원)	홍성례(서울)
이용우(광주)	조영래(봉화)	홍인선(화성)
이인원(서울)	조영실(수원)	홍태유(제주)
이지선(대전)	조영실(안양)	황경희(대구)
이희숙(울산)	조태연(평택)	황봉학(예천)
임현정(고양)	주소은(의령)	황창균(인천)

시인 사진 수록

▲ 신망애육원에서 봉사활동 모습

▲ 봉사활동 2

▲ 봉사활동 3

▲ 예술인의 밤

▲ 예술의 전당 관람

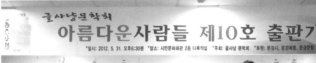

글사랑문학회
아름다운사람들 제10호 출판기
*일시: 2012. 5. 31. 오후6:30분 *장소: 시민문화회관 2층 다목적실 *주최: 글사랑 문학회 *후원: 문경시, 문경예총, 문경문협

▲ 출판기념식

▲ 시창작 수업

▲ 자랑스런 도민상 수상

IT체험수기 최우수상 수상 ▶

◀ 문경오미자체험수기 금상

▲ 문예비전 신인문학상

▲ 문경예총 공로상

▲ 문예지 품평회

휠체어를 타고 내려온 천사

2025년 2월 20일 초판 1쇄 인쇄 발행

지 은 이 | 이경희
엮 은 이 | 황봉학 김동희 엄다경
펴 낸 이 | 박종래
펴 낸 곳 | 도서출판 명성서림

등록번호 | 301-2014-013
주　　소 | 04625 서울시 중구 필동로 6 (2, 3층)
대표전화 | 02)2277-2800
팩　　스 | 02)2277-8945
이 메 일 | msprint8944@naver.com

값 15,000원
ISBN 979-11-94200-62-8